登場人物

アリステイル 実は吸血鬼。拓馬のことを兄のように慕っている。素直だが、嫉妬深い。

庄司 拓馬(しょうじ たくま) プチ引きこもり大学生。眼鏡、ニーソックスなどのアイテムに弱い。

今宵も凸しませ アリステイル

水無瀬 綾乃(みなせ あやの) 拓馬のマンションの隣人。無口で人見知りをする。

沖野 未育(おきの みいく) 拓馬のマンションの大家の娘。元気のいいチビッ子。

ハルモニ アリスと敵対している吸血鬼。ちっちゃいけど凶暴。

汐月 夜(ゆうづき よる) 拓馬の中・高校時代のクラスメート。親切な上に才媛。

第四章 アリス

目次

プロローグ	5
第一章　アリスはある朝突然に	15
第二章　お兄様は別腹！	57
第三章　永遠の記憶	85
第四章　御使い来たりて	139
第五章　決戦の日	183
エピローグ	219

プロローグ

「今日からアリスは、お兄様と一緒に暮らすのよ」

さも当たり前、というふうにアリスは言った。

もちろん俺《おれ》に選択権はない。情けないことに、初対面にもかかわらず、完全にイニシアチブを握られてしまっている。

彼女はアリスと名乗った。本名はアリステル＝レスデル。遠い国からやってきた謎《なぞ》の美少女。秋晴れのような美しい空色の髪と、ワインレッドの瞳《ひとみ》、陶磁《とうじ》のごとく白い肌を持つ彼女は、とても奇妙な格好をしていた。深い紫のツーピースには白い襟《えり》とカフスがあしらわれており、胸元に大きなシルバーのクロスがひとつ。雰囲気《ふんいき》でいえば、外国映画に出てくるシスターのようなといった感じか……いや、あれよりもっとアバンギャルドだ。肌の露出は少ないが、ぴったりとしたブラウスが、華奢《きゃしゃ》な身体《からだ》つきに不釣《ふつ》り合《あ》いな大きさの乳房を強調している。スカートからすんなりと伸びた足には、薄手のタイツのような素材の生地が貼《は》りつき、艶《つや》やかな光沢を放っていた。

そして、服と同系色のリボンが頭のてっぺんで大きな蝶々結《ちょうちょむす》びをつくっている。——まるで、自分自身が「プレゼント」だと言わんばかりに。

「……ねぇ、君はどうしてウチに来たの？　他に行くあてはないの？」

言ってから、俺は自分でもバカな質問をしたと思った。

彼女はさっき、俺に会いに来たと言ったばかりではないか。いろんな国を経由して、そ

プロローグ

れこそ飲まず食わずの状態でこのマンションを目指して来たのだ。……この大きなトランクの中で、ひっそりと息を潜めながら。
「うん。あてなんてない。アリス、お兄様だけが頼り」
至極当然、といった口調で、アリスは大きなクマのぬいぐるみを抱き締めた。
「そ、そうか……まあそれはいいとして、なんで俺が『お兄様』なの？」
俺は戸惑いながら尋ねた。
実は、母さんの隠し子だったとか⁉　放浪癖のあるあの人のことだ。可能性としてはじゅうぶんに考えられる……のだが、腹違いの兄妹と仮定するのも苦しいほど、かけ離れたお互いの容姿。正直、血の繋《つな》がりの片鱗《へんりん》も見受けられない。
「お兄様は、アリスのお兄様だから」
きょとんとした顔で、彼女は答える。だから、兄妹じゃないっつーの。
「答えになってないよ、それ」
「むー！　だってお兄様はアリスのお兄様なんだから仕方ないじゃない！　他になんて言えばいいの！」
ああ、逆ギレしてる！　手がつけられないよ。どうして俺って女の子の扱いが下手《へた》なんだろ……。
「わかった、わかったよ。頼むから落ち着いてくれ」

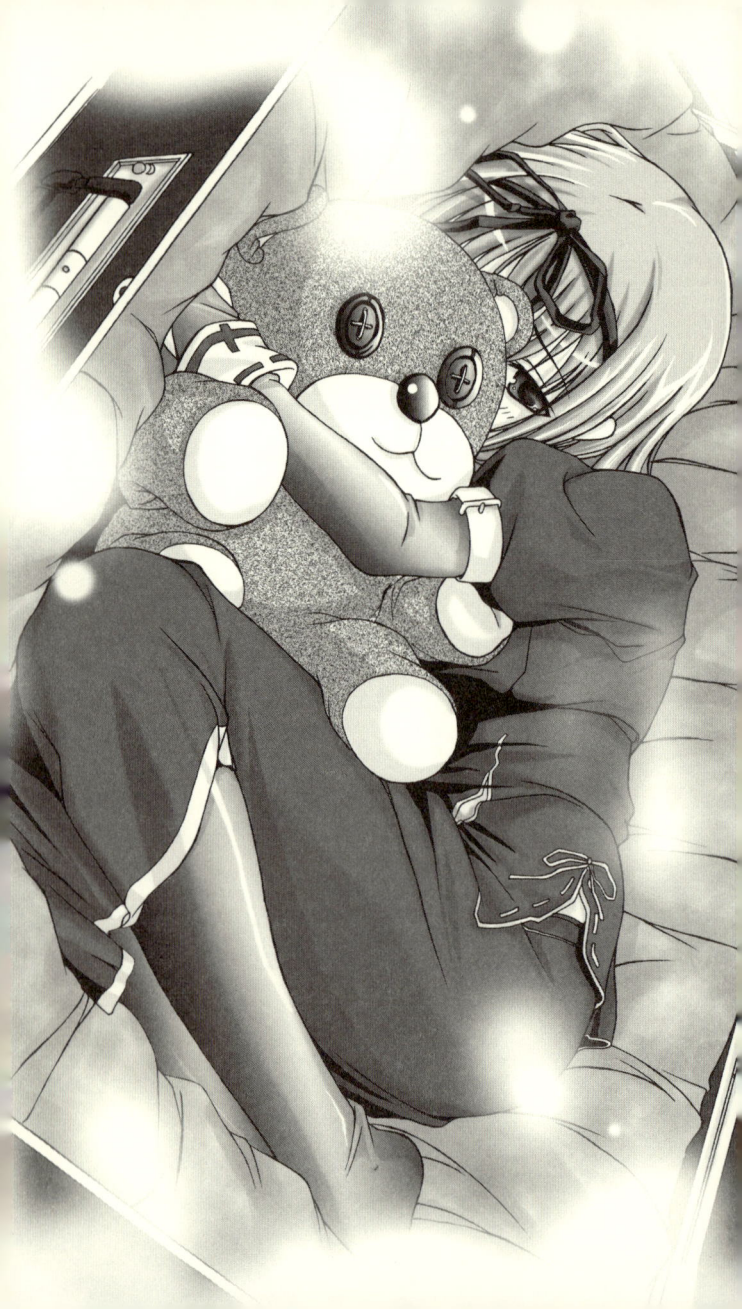

落ち着く必要があるのはおまえのほうだ、と内心思いながら、必死にアリスをなだめた。
「もう一回、最初からちゃんと聞こう。君はなんでこのトランクの中に入って、ここに届けられてきたの？」
見ず知らずの女の子が、俺を訪ねてきたという事実だけでも驚きなのに。
「人間宅配便」状態で到着した日にゃあ、俺がパニックに陥るのも致し方ない話、だろ？
「アリス、お兄様のお母様に言われた。これからは、お兄様に養ってもらいなさいって」
「え……母さんが？」
「うん。だから、お兄様はアリスを養うの。これは義務」
ワインレッドの瞳をまっすぐに俺に向けながら、アリスは言った。
なんか、答えになってるようななってないような……。
つか、「義務」って！　有無を言わさず決定事項ですか⁉

「……おかわり！」
アリスは満面の笑みを浮かべながら、空になったお茶碗《ちゃわん》を差し出した。
恐ろしいほどの勢いで大量の料理をかっこんだお嬢様《じょうさま》のほっぺには、ご飯《はん》つぶがひとつ誇らしげにくっついている。

「え、またおかわり……？　少なかったかな」
「だって、アリスお腹空《なかす》いてた」
「そ、そうだね。長いことトランクにいたんだしね。……で、おかずもおかわりいる？」
「うん！」
子供のように無垢《むく》な笑顔。……ご飯を五膳もおかわりしなければ、俺だってごく普通の少女として彼女を受け入れることができたかもしれない。
うわ、やばいぞ！　米びつがもうカラだ！　あと冷蔵庫も！
飲まず食わずだったアリスを手料理でもてなしたはいいものの……いくら仕送りがあるからといって、こんな調子じゃ一日で底をついてしまいそうだ。もう、ただの食いしん坊と笑ってすませられる次元じゃない。それともなにか⁉　海外ではこれがデフォルトなのか？　俺がグローバルな視点を持ち合わせていないだけなのか？
「お兄様、まだー？」
「ああ、ごめんごめん！　いますぐ持ってくから！」
……そうは言ったものの、俺の手元にはひからびたジャガイモがひとつしかない。非常食として冷凍しておいた食パンもすでにアリスの胃の中だし、レトルトのカレーもとっくに消化されてしまっている。
いきなり大家族の大黒柱になった気分だ。しがない学生の身分の俺には厳しすぎる現実。

そりゃ確かに、かわいい女の子が俺を頼ってきてくれたのは嬉《うれ》しいけど……おかしいな、どうしてこんなことになったんだろう？　つい数時間前までは、ひとり暮らしを満喫《まんきつ》していたはずだったのに。

「あのさ、実はもう食べ物があんまり残ってなくて……」

俺は諦《あきら》めて、アリスのほうを振り返った。どのみち、ジャガイモひとつで彼女の空腹が満たされるとは思えなかった。

するとは彼女は、心底不服そうな表情で頬《ほお》を膨らませる。

「むぅ……」

「ご、ごめん！　いますぐ買い出しに行ってくるよ。この時間だと、コンビニ弁当になっちゃうだろうけど……」

「……待てない。ムーアも、お腹……空いて……る……」

ムーアと呼ばれたクマのぬいぐるみを抱き締めながら、アリスはうつむいた。

「うぅ……あぁ……」

な、なな、なんか、アリスの様子がヘンだ。いきなり顔色悪くなってるし。まさか、食中毒とか⁉　つっても、同じもの食ってる俺は大丈夫なのに……うわっ！

「おなか……すいた……！」

突然、アリスはがばっと立ち上がった。

気のせいだろうか。いま、目が光ったような気がする。それはまるで、獲物《えもの》を見つけた女豹《めひょう》のような獰猛《どうもう》な目つき。炎ゆらめく紅をたずさえているにもかかわらず、絶対零度《ぜったいれいど》の凍《い》てついた空気が周囲を取り巻いたような。

「わわっ！」

ふいに、その場に倒れそうになるアリスを、俺は慌てて抱きとめる。

「アリス？　しっかりして！」

倒れるほど腹が減ってるのか？　つか、さっき炊飯器《すいはんき》をカラにしたばかりじゃないか！　とんだフードファイターだな！

……もちろん俺は、そんなことを口に出せる余裕もなかった。抱き締めたアリスの吐息が、俺の首筋にあたっている。服の上からもリアルにわかる、やわらかな胸の感触。とても三合の白米をたいらげたとは思えない、きゅっと締まったウエスト。

……いかん。女の子に免疫《めんえき》のない俺にとっては、刺激的すぎる刺激だ。よくよく考えたら、若い男女がふたりっきりでひとつ屋根の下だもんな。母さんが彼女を寄こしたってことは、必然的に親公認という意味になるわけで……過ちを犯してしまったとしても、なんら問題はないっつーこと……なのか？

「はぁっ……ああっ、お兄様……！」

俺の邪念に応《こた》えるように、アリスは悩ましげな声をあげた。なんだなんだ、俺、まだな

にもしてないぞ！
「アリス、苦しいの？　大丈夫？」
吐息が熱い。しかし、俺の腕の中にある身体は、人間のものとは思えないほどひんやりとした冷気をまとっている。
「ねえ、やばくない？　救急車呼ぼうか？」
「違うのお兄様……」
さっきまでの強気な口調から一転して、アリスはか弱げな声を漏らした。
「足りないの……。ち……」
「……ち？」
――――ちくわ？
俺の脳裏に、穴の開いた練り物のビジュアルが浮かんだ瞬間……首筋に、鋭い痛みを覚えた。
「う、うわ、うわわわわっ！」
あまりに突然のことで、なにをされているのか理解できなかった。
アリスが、俺の首筋に噛《か》みついている。それも歯形をつける程度なんてもんじゃない。
明らかに刺さってるよ、その犬歯がっ！
「うぎゃ、アリス！　なにをっ……！」

「ん……こくっ、こくっ……」
アリスはがっしりと俺の首に抱きついたまま離れない。のみならず……なにかを飲んでいるような気配がするのは気のせいか。こくこくと喉《のど》を鳴らしながら、おいしそうに、俺の……血を……！
「ダメだっ……いくら腹が減ってるからって……っ」
……人の血を吸ったりしたらダメだ！
膝《ひざ》の力が抜けて、俺はその場に崩れ落ちた。視界がどんどん狭くなっていく。体中のエネルギーがすべて吸い取られていくような感覚は、ただただ絶望的で……甘美な思いすら抱いてしまうほど。
――吸血鬼。
そんな現実味のない言葉が去来する。
現実味はないくせに、耳元で血を吸われる音だけはリアルに響くのだ。
……アリス。
俺、夢を見ているのかな？　これはなにかの冗談なんだよな？
まさか……このまま、死んだりしないよな……？

第一章　アリスはある朝突然に

翌日、俺《おれ》はあっけなく生き返った。
というより、単に気絶していただけだった。

まず真っ先に自分の首筋へと手をやった。とりたてて大きな傷跡は見当たらない。痛みを感じる箇所はあるが、なにも致命傷というほどではない。
夢……じゃ、なかったんだよな？
俺は首筋を押さえながら、ぼんやりと天井の模様を眺めていた。
不謹慎《ふきんしん》にも、ある意味死に方としては理想的だったのかもな……などと思ってみたりもする。ほんの少し痛みを我慢すれば、あとは堕《お》ちていくだけのめくるめく怠惰《たいだ》な世界。生への執着すら忘れさせてしまうほど、甘美ななにかがあの瞬間にはあった。
……なに馬鹿《ばか》なこと考えてんだ、俺。
身体《からだ》はだるいが、なんとか起きあがろうとした。だが、思ったように上半身が動かない。
「……って、アリス⁉」
俺の動きを封じ込めるもの。それは、俺の上に覆い被《かぶ》さるようにして眠っているアリスの存在だった。
重い……なんて本人に言ったら、ぶん殴られるだろうか？
俺は仕方なく、すやすやと寝息を立てているアリスを眺めていた。起こそうかとも思っ

たが、あまりにも気持ちよさそうなので邪魔するのも忍びない。自分の足で歩いたとは考えにくいし……まさか、アリスがここまで俺を運んだのか？
ていうか、俺はいつの間にベッドで寝てたんだろう。自分の足で歩いたとは考えにくいし……まさか、アリスがここまで俺を運んだのか？
こうして彼女の寝顔を見ていると、ますます昨日の出来事が信じられなくなってくる。世間は広い。だが、さすがに腹が減ったからといって人間の血を吸うような女の子はいないだろう。……吸血鬼を除いては。
「アリス……君はいったいなんなの……？」
俺は手を伸ばして、アリスの髪に触れた。指の隙間《すきま》から、さらさらとこぼれていく絹《きぬ》の糸。切れ毛のないつやつやとした天使の輪。ビスクドールのようなきめ細かい肌。端正なまつげが、三日月型のまぶたを芸術的な配置で縁取っている。
末恐ろしいほど、美しい女の子だ。俺の些末《さまつ》な人生において、きっと後にも先にも、これほどの美少女と相まみえることはないだろう。
そのとき、ふとアリスは目を開けた。
「むにゅ……？　お兄様……おはよう」
「え、あっ、起きた？」
俺は慌てて飛び上がり、ベッドから抜け出してアリスの前に立った。心臓がばくばくする。また血を吸われるんじゃないかという畏怖《いふ》と……こっそり頭を撫《な》でていたのがバレて

いないか、という恥ずかしさで。

「あのさ、アリス……昨日のことなんだけど……」

俺は意を決して、尋ねてみる。

「ここ、噛《か》みついたの覚えてる？　そのあと、血を吸ってたよね。ちゅーちゅーって」

「うん」

臆面《おくめん》もなく、アリスはうなずく。おいおい、別に言い訳してほしいわけじゃないけど、もっと他にリアクションあるだろ……こう、ちょっと戸惑ってみるとかさ。

「念のため聞くけど……君、吸血鬼なの？」

「うん、吸血鬼」

……うわ、即答。

寝起きにこんなこと聞いたのが悪かったのか。俺はいまだ夢見心地といった感じで、いまいち実感がわかないのだ。これだけ潔《いさぎよ》いカミングアウトを聞いてもまだ、どこかしらで夢だと思っていたい自分がいる。

「ちょ、ちょっと待って。噛みつかれた俺も吸血鬼になっちゃったりするの？」

「んーん、それぐらいじゃ吸血鬼になんてなれないよ」

ぶんぶんと首を左右に振って、彼女は答える。

「それより……首、大丈夫だった？　いきなり倒れるからびっくりしちゃった……」

「あ、いや、俺は大丈夫だよ。ちょっと頭痛いけど……」
「お兄様、早く元気になってね……」
不安げな瞳《ひとみ》で、アリスは俺を見上げた。そんな目で見られると、俺はどうしたらいいのかわからなくなる。そんな捨《す》て猫《ねこ》みたいな目で見つめられたら……。
「お兄様が元気になってくれないと、血が吸えなくなる」
……ずどーん。
朝のさわやかな空気が一変し、一気に物々しくなる。
ねえ、俺ってなに？　俺の人権はどこに消えた？
「あ、あの……できれば昨日みたいに、血を吸うのやめてほしいんだけど」
「そんなの、わからない。急にお腹空《なかす》くんだもん」
ごもっともな発言だった。腹が減るから人間の血を吸う。吸血鬼的観点からすれば、至極まっとうな生理現象なのだろう。が、しかしだ。非生産的な毎日を送っているとはいえ、俺にだって日々を健《すこ》やかに過ごす権利くらいあるだろう！
「吸われるの、イヤなの？」
「イヤっていうか、ものすごく痛いんだよ。頭痛はするし、身体はだるいし、正直昨日は死ぬかと思った」
「あ、それなら大丈夫。お兄様が死んだら養ってもらえないし……加減する」

「そう……それなら……いや、でも……」
「かわいいアリスのためでもイヤ？　さっき頭なでなでしてくれた」
「ぐぁ！　お、起きてたのか！」
俺は大いにうろたえた。そんな俺を見て、アリスはからかうでもなくにやけるでもなく、純真な瞳をまっすぐにこちらへと向ける。
「アリスも、お兄様のことなでなでしながら血を吸ってあげる」
「なんでそうなる⁉」
俺は声を荒らげて反対の意を表明した。まじでカンベンしてくれ！　血を吸われること以外ならなんだってするから！
アリスは大きなあくびをしたあと、ひょいっとベッドから飛び降りた。そしてトランクの中からクマのぬいぐるみを抱き上げ、愛《いと》おしそうに頬《ほお》ずりをする。
「……あの、アリス？」
「なあに？　お兄様」
アリスは無垢《むく》な瞳で俺を見上げた。
「その……君って吸血鬼なんだろ？　太陽の光を浴びても大丈夫なのか？」
「そんなの平気よ」
「じゃあ、じゃあニンニクは？　あと十字架とか……」

「うん、別に苦手じゃない。ほら、服だって」
そう言ってアリスは得意げに自分の胸元を指さした。確かに十字架をあしらったアクセサリーをつけている。
「ね？」
「うん、そうだね……」
……ヘンな吸血鬼。

俺――庄司拓馬《しょうじたくま》は、ひとり暮らしをしている平凡な大学生だ。
母親が総合人類学者で、世界中を旅して回っているということを除けば、本当にごくごく普通の……いや、むしろつまらない部類に入る男。特に趣味もないし、友達もあんまりいないし、彼女なんてもってのほかだし、外にもあまり出歩かないし。このまま部屋で孤独死しても、おそらく一年ぐらいは誰《だれ》も気づかないいんじゃないだろうかっていうくらい、寂しい生活を送っている。
そんな俺に、ある日母さんから送られてきた大きな荷物。
あの人がいま、どこの国にいるかなんてことは知らない。こちらから連絡を取る術もないし、向こうは向こうで研究に忙しいらしいし、まあ便りがないのは元気な証拠ってこと

だ。ただ、たまに忘れた頃《ころ》にわけのわからないガラクタを送りつけてくることがある。どうやら歴史的価値の高いものらしいが、まともに大学の授業も受けていない俺にはそのありがたみがさっぱりわからない。

だから、今回もご多分に漏れず、この大きなトランクの中にそういった意味不明なガラクタが入っているのかと思っていた。思っていたのに……まさか人間が入っているとはね！　違う、吸血鬼か。まあどちらにせよ、ナマモノには変わりない。

どうやら母さんは現在、アリスのご両親（もちろん吸血鬼）が住む城にごやっかいになっているらしい。城ですよ、城。よく絵はがきとか、ジグソーパズルになってるアレですよ。俺にはよくわからないんだけど、城育ちのお嬢様《じょうさま》がどうしてわざわざこんな狭いマンションに住もうと思うのだろう？

やっぱり、自分以外の人間の気持ちを知るのって難しい。相手が女の子で、しかも吸血鬼ならなおさらだ。

「……お兄ちゃーん、いるー？」

うわ、うわわわわわ！

玄関の外から声がして、俺は飛び上がった。

「……だあれ？」
アリスが不機嫌《ふきげん》そうな顔をして俺を見つめる。そんなふうに目で責められても。俺だって、立て続けに訪れる客人に戸惑っているのだ。めったに人なんて来ないのに、重なるときはどうしてこう重なる。
「と、とにかくちょっと出てみるから、そこで待っててくれ」
「えー、アリスお風呂《ふろ》に入りたい。あと洗濯もしてほしい。これしか洋服ないし」
「そんなこと言われても……とりあえず、風呂はそっちだから！　頼むから静かにしてて……わ、わわ！　ここで脱がなくていいから！　そっちの洗面所で！」
むぅー、と唸《うな》るアリスを横目に、俺は玄関へと急いだ。……ふう、焦った。なんて危機感のない女の子なんだ。もしかして俺、男だって意識されてないのかな。
「おはよーございまぁす！」
ドアを開けると、そこには小さな女の子がいた。
髪の毛を頭の両脇《りょうわき》でふたつに結び、利発そうな大きな瞳を覗《のぞ》かせている。ちょっぴり猫目がちな愛らしい少女だ。
えーとえーと、確かこの子は……。
「大家さんとこの娘さんだよね……？」
「ん！　沖野未育《おきのみいく》っていいます！　昨日はどうも～！」

にかっと笑いながら、彼女は答えた。そうそう、そうだった。昨日、俺の留守中に届いた、あの馬鹿デカいトランクを預かってくれていたのだ。俺が帰宅してからわざわざここまで運んできてくれて、迷惑かけちゃったんだっけ。

「未育ちゃん、だね。ホントに昨日はどうもありがとう。あれ、重かったでしょ？」

なんせ人間がひとり入ってたんだもんなぁ。

「いいのいいの。未育は力持ちなんですよっ！　ほらっ」

そう言って、未育ちゃんは得意げに力こぶをつくってみせる。うーん、元気な子だなぁ。こんなに小さいのに、ずいぶんしっかりしているように見える。

「えと、それで、今日はどうしたの？」

「あ、そうだ！　えっとね、回覧板を持ってきたんだけど……」

「お兄様！」

……そのとき、俺は背中に刺さるような視線を感じた。

「……あ、アリス！」

振り向いてから、俺はアゴが落ちそうなほど驚いた。そこには、アリスが一糸まとわぬ姿で仁王立《におうだ》ちしていたからだ。

「な、ななな、なんて格好を！」

「わわ、わわわ、誰？　誰？」

好奇心いっぱいの目で、未育ちゃんが家の中を覗き込む。俺は両手を大きく振りながら、なんとかアリスを背中に隠した。ああ……ヘンな噂《うわさ》が立つといけないから、できるだけひっそりと生活してもらいたかったのに！

「アリス、あのお風呂の使い方がわからない。あと、着替えもない。早くして！」

うわ、なんかめちゃくちゃ怒ってるし。着替えったって……どうしたらいいんだよ！

「……お姉ちゃん、服がないの？」

きょとんとした顔で、未育ちゃんはアリスに話しかけた。

「いやあのね、ないわけじゃないんだ。誤解されると困るんだけど、いつも真っ裸でいるわけでは……」

俺はアリスの代わりに、しどろもどろで言い訳をする。ただでさえ引きこもりがちな俺なのに、部屋にこもって淫《みだ》らな生活をしていると思われたらもっと嫌だ。大家さんに対してもめちゃめちゃ心象が悪いじゃないか。

「うん、ない。こういうのが欲しい」

そんな俺を尻目《しりめ》に、アリスはいつの間にか持っていた服を未育ちゃんに差し出した。おいおいおい、なにしてんだ。そんなコスプレみたいな服を見せたら、もっと怪《あや》しまれ……。

「ふうん、こういうのがいいんだ。……わかった、ちょっと待ってて」

「え？　あ、未育ちゃん⁉」

なにを思ったのか、未育ちゃんは踵《きびす》を返して、たたたーっと走り出してしまった。俺とアリスは、互いに顔を見合わせる。

あああ……どうしよう。

まさかとは思うけど、大家さんにあらぬことを告《つ》げ口《ぐち》されてしまったら……。

……というのは、まったくの俺の取り越し苦労であるらしかった。

戻ってきた未育ちゃんは、どこかで用意してきたのか、洋服一式を差し出した。深い紫のカットソーとミニスカート。ご丁寧に、重ね着用のすみれ色のキャミソールまでつけてくれるという気の利《き》かせぶりだ。

さすが大家の娘、というべきなのか。住人への完璧《かんぺき》なフォローとサービス。ていうか、マジで用意よすぎない？

「わぁ、ぴったり！　よく似合ってる～！　ねえ、お兄ちゃん？」

未育ちゃんに同意を求められ、俺は慌ててうなずいた。新しい服を着たアリスは、嬉《うれ》しそうにくるりと一回転してみせる。

ぬう、恐るべし未育ちゃん。色もサイズも、アリスにぴったりのコーディネートだ。

俺は気づかれないように、そっと視線を下に向けてみる。

全体的に華奢《きゃしゃ》な体型だけど、適度に肉づきのいい太もも。さっきまで着ていた服では気づかなかったけど、タイツじゃなくてニーソックスだったんだな。中途半端に太ももが隠れる感じが、なんともかわいらしいというか、いやらしいというか……。

「サイズもばっちりでよかった～。またなんかあったら持ってきてあげるよ！」

そう言って、未育ちゃんは胸を張った。まずは感謝感謝。俺ひとりじゃ女の子の洋服なんてどう逆立ちしても用意してあげられなかったもんな。……特に、下着。

「助かったよ、未育ちゃん。ホントにありがとう」

「どういたしまして！　……ところでこのお姉ちゃん、お兄ちゃんの彼女？」

「……は？」

思わず、ずざざざーっと後ずさる。

そうだよな、やっぱそう思うのが自然だよな。若い男女がふたりっきりでひとつ屋根の下だもんなあ……。

「違う、違うんだ。実は親戚《しんせき》の子でさ」

「ふうん。珍しいね、外国人の親戚さんって」

「うっ……いやあのほら、うちの母さん、人類学者で世界中回ってるから」

ぜんぜん関係ない話をしているような気がする。

「あの、なんだ、その母さんに頼まれてさ、しばらくの間うちで預かることになったんだ」

「しばらく？　ずーーっとでしょ？」
背後でアリスがツッコミを入れる。あーもう、またそんな疑惑を呼ぶようなことを！
「そっかぁ、ずーーーっとか。そりゃそのほうがいいよねえ、お兄ちゃん？」
ニタニタとにやけながら、未育ちゃんは肘《ひじ》で俺をつついた。お、俺……からかわれてる。
年下の女の子にからかわれてるぞ！
「あのね、俺たちはその、未育ちゃんが考えてるような仲じゃあ……」
「あ！　パパにおつかい頼まれてるの忘れてた。それじゃ、あたし行くね！　ばいばい、お兄ちゃんとお姉ちゃん！」
「あの、未育ちゃ……」
ツインテールをなびかせながら、未育ちゃんは疾風のように部屋を出ていってしまった。
案の定誤解されてたようだけど、アリスのことも好意的に見てくれているみたいだから
いいか。
俺は、ミニスカートを広げながらくるくると回るアリスを眺めながら、ため息をついた。

「お腹空いた……」
——アリスが激しく空腹を訴えたのは、翌日の夜のことだった。

もちろん、昨日の夜だって今日の朝だって昼だって、ちゃんと食事は用意した。しかし、普通の人間が取る量の食事では、とてもじゃないけどアリスには足りないのだ。
よくわからないけど、人間の食事はアリスたち吸血鬼にとって、おやつのようなものなのかもしれない。小腹を満たすことはできても、主食たり得ないというか……。
つまり、いつかは人間の血液が必要になるってこと。
俺は、トランクの中で身体を小さく丸めるアリスが気の毒に思えて仕方なかった。これでも、俺の血を吸わないように一生懸命《いっしょうけんめい》我慢してるんだもんな。トマトジュースで代用できるなら山ほど用意してやるんだけど、そうマンガみたいにうまくはいかないもんな……。
「アリス、いいよ。俺の血を吸って」
「え……」
のっそりと起きあがり、アリスは小首をかしげる。
「このままだとアリス、飢《う》え死《じ》にしちゃうよ。そんなの見てられないし」
不安げな色を浮かべて、アリスはうつむいた。
「でも、お兄様この前倒れちゃったし。今度また吸ったら、死んじゃうかもしれないよ？」
「だから、そこらへんはアリスのさじ加減でセーブしてよ」
「でも……お兄様に先立たれたら、アリスは誰に面倒を見てもらえばいいの」
「死ぬことを前提に話を進めないでくれ……」

一気にブルーになった。そりゃ、めいっぱい腹が減ってるんだもんなあ。えびせんが途中でやめられないのと同じ原理か。
「アリスは、ひとりぼっちになるのイヤ！」
子供がするように、イヤイヤとアリスは首を振った。俺だってなんとかしてあげたいけど、このまま際限なく食事を用意していたら、経済状況が破綻《はたん》するのは目に見えている。
「それに、お兄様がいなくなるのはもっとイヤ！」
そう言って、アリスは俺に抱きついてきた。
「あ、アリス、どうしたの」
ふいに訪れたやわらかい感触に、俺の全身がこわばる。うあ……女の子の身体って、こんなに小さいものなんだ……。
「甘えてるの。お兄様、思ったより優《やさ》しいから」
「思ったよりって……俺は優しいよ？」
「ん……」
すりすり、と胸板に鼻をこすりつけてくる。なんだか猫みたいだと俺は思った。腹が減ると主人になついてくるところもな……いや、どちらかというと、アリスのほうがご主人様って感じだけど。
しかし弱ったぞ。毎日レバーをたくさん食べても、血液の生産量がアリスの食欲に追い

つくのは難しそうだ。さすがの未育ちゃんでも、俺の代わりとなる血液生産マシーンを用意することは不可能だろうし……なんて、馬鹿なことを考えてみたりもする。
「人間のね、体液なら……なんでもいいんだけど」
ぼそっとアリスがつぶやいた。
俺はその言葉を聞いて、思わずガシっと肩を掴《つか》む。
「血じゃなくてもいいの？」
「うん。でも、量がないとダメ」
再びアリスは、元気のない顔でうつむいた。
なんて融通の利く吸血鬼なんだ！　これで死なないですむ！……と思ったが、血液以外でけっこうな量のある体液ってなんだろう。そんなのあるか？
「おしっこはダメ。人間にとっていらないものだから摂取しても意味ないの」
「いや別に俺は……」
アリスにおしっこ飲ませようなんて、そそんなこと思ってないし、言ってもないし！
さ、さすがにそれはまずいような気がする。
「でも、他になにかあるかなあ」
「んー、あるにはあるよ。でもお母様やおばさまから、それはお兄様に一生の面倒を見てもらう覚悟ができてからにしなさいって言われて」

「え？　え？　どういうこと？　その体液ってなんなの？」

「精液」

……どっかーん。

いきなり眩暈《めまい》がしてきた。

まあ確かに、この年頃の青年はいろんな意味ではかりしれないポテンシャルを秘めている。腹が膨れるほどの量が出るかはわからないが、濃度なら自信がある。なんの自慢にもならないけど。

「男の人って、つくるんでしょ？　あのね、お母様が、赤ちゃんのタネだからものすごいエネルギーがあるって言ってた」

「なるほど……って、そんなマメ知識はどうでもいいよ！　あのねアリス、精液って、身体のどこから出るかわかってる？　それを飲むってのが、どういうことか知ってるの？」

「知らない」

自信満々に、アリスは言う。この際、ヘンに言葉を濁しても仕方ないと思った俺は、真っ正面からアリスと向き合った。

「……あのね、精液ってのは、男の人のおちんちんから出るの」

「…………………………えっ⁉」
ぽかーんとした顔で、アリスは俺の目を見つめる。この家に来てから、彼女が一番動揺した瞬間だった。無理もないといえば無理もないけど。
「わかる？　精液を飲むってことは、つまり触ったり舐《な》めたりいろいろしなきゃいけないわけで……。そんなこと、好きな者同士じゃなきゃできないだろ？」
アリスは無言で、なにかを考えあぐねている様子だった。つか、ろくに女の子の相手をしたこともないような俺が、なんだって性教育をほどこさなくちゃならないんだ。
「……精液って、舐めたら出るの？」
「……………………は⁉」
今度は俺が驚く番だった。
「精液って、出すと身体の具合が悪くなるもの？」
「あ、え、いや……むしろその逆っていうか……」
「それ、先に言って」
……あれ、気のせい？　なんだか、アリスの目が赤く光ったような。
ちょうど、俺の血を吸ったときと同じように。

「……アリス？　なにやってんの⁉」
俺の下半身に飛びついたアリスは、おぼつかない手つきでジッパーを下ろした。トランクスのゴムの部分に手をかけ、おそるおそるといった様子で中を覗き込もうとしている。
四《よ》つん這《ば》いになったアリスの腰はなまめかしく、ミルクをねだる子猫のように小さく揺れていた。……なに、なんなんだこのシチュエーション。俺の思考回路は完全に停止して、情けないことに彼女のされるがままになっていた。
「アリス、おちんちんから精液飲む！　お兄様が死なないほうがいいもの」
トランクスの中から、そっとペニスを取り出す。ひんやりとしたアリスの指が直《じか》に触れて、肩がびくっと反応する。
「わぁ……」
物珍しそうに、彼女はペニスをふにふにと手でいじった。愛撫《あいぶ》といった触り方でもないのに、俺の化身はみるみると力を漲《みなぎ》らせていく。
「こ、怖《こわ》くない？　気持ち悪くないの？」
「んー、おもしろい」
おもしろいって……これまた微妙な感想だな。
だから、そうじゃないっての！　マジでアリスは精液を飲む気だよ。やばいって、さすがにやばいって。

「これ、どうやったら出るの？」

「え？」

「気持ちよくなったら出るんでしょ？」

大真面目《おおまじめ》な顔で、アリスは問う。真摯《しんし》な瞳に気圧《けお》されて、俺は力なくうなずいた。

「ねえ、ちゃんと教えて。アリス、お兄様が気持ちよくなることとしたい」

「いや、その、恥ずかしいよ……」

「恥ずかしいの？　じゃあ、アリスも下脱ぐから……これでおあいこね」

上半身を起こし、アリスはミニスカートをゆっくりと下ろした。中から現れる白い小さなパンティ。中心に小さな赤いリボンのついた、かわいらしいデザインのものだ。

もはや、下半身にまとっているものはニーソックスだけ。そのむっちりとした太ももの付け根を見ただけで、俺のペニスは一気に怒張を極めてしまう。

勢いで脱いだはいいものの、アリスはどうしたらいいのかわからなくなってしまったようだった。透けるように白かった肌に、ほんのりと赤みが差している。

「……そんなにじろじろ見ないで」

「み……見るよ。だってなにも穿《は》いてないんだもん」

そう答えると、アリスはきゅっと太ももを固く閉じた。四つん這いの状態だから、よけいにお尻が突き上がる格好になる。

「……もう出る？」
「う……そんなにすぐには出ない」
ダメだダメだダメだ！　やっぱり我慢できないーーー！　ここまで準備ばっちりな状態になっておいて、いまさら紳士《しんし》な対応なんかできない！　絶対無理！
「アリスが、その舌でぺろぺろ舐めてくれたら……出るかも」
があああ、言ってしまった！　でも、でもでもでも、もう止まらないんだ。その小さな、唾液《だえき》をたっぷり含ませた舌でペニスを舐められている図を想像したら……って、うぁあああああ！
なまあたたかい風を先端に感じた瞬間、アリスはぱくっと俺のペニスにしゃぶりついた。
「ん……ちゅ……んん……っ」
ねっとりとした感触がペニスの先端を行き来する。ただただ一生懸命といった舌の動きは加減を知らずに、唾液でべたべたになるまでくまなく周回していた。息を飲んでその姿を見守る。俺は知らなかった。女の子にしてもらうのが、こんなに気持ちのいいことだったなんて、いまのいままでまったく知らなかったのだ！
「お兄様の、どんどん上を向いちゃう……逃げないで、アリスが舐めてるのっ」
そうペニスに言い聞かせながら、大事なものを守るかのように、彼女は両手で竿の部分を支えた。それから再び舌を伸ばし、カリ首の部分を丹念になぞろうとしている。恥ずか

第一章　アリスはある朝突然に

しそうではあったが、好奇心旺盛な目の輝きはそのままだった。まるで新しいおもちゃの使い方を模索するかのように、細部を舌先で確かめている。

「うぅっ……」

アリスのお食事タイムが、早くも間近に迫っているのを感じた。しかし、俺はもともと貧乏性なのだ。こんなに短時間でおいしいサービスを手放すわけにはいかない。アリスを飢え死にさせたくないと言っていたわりには、やってることと考えていることがめちゃくちゃだった。

が、しかしだ。めちゃくちゃ気持ちいいのだこれが。よどみなく溢れてくる唾液が、俺のペニスを水飴でまぶしているみたいにぬめらせ、アリスもまたおいしそうにそれをすくい取っていく。せわしなかった動きが、まるで俺の反応をじらすかのようにささやかなものに変化し、舌先の一部分が触れただけで、弦がはじかれたようにペニスがしなった。唾液はやがて根元の部分まで流れ

落ち、握っていた手に絡みついて、よりいっそう滑りをよくしている。
「んっ……お兄様のおちんちん、おっきくなった……」
「仕方ないだろ、アリスがえっちな格好するから」
高く突き上げた、白くてまあるい尻がふりふりと左右に揺れている。全体がしっとりと汗で濡《ぬ》れて、蛍光灯《けいこうとう》の下で銀粉をはたいたようにキラキラと光っていた。
俺のマックス状態になったペニスに驚いたようだったが、それでもアリスは舌を離さない。今度は唇の上下で亀頭《きとう》を挟み、赤ん坊が母親の乳首に吸いつくように、ちゅっちゅと吸引を始めた。どうやら滲《にじ》み出した先走り液を必死に吸い取ろうとしているらしい。空気を含んで泡立《あわだ》った唾液の弾力が、ヒリヒリするほど充血した鈴割れの部分をまろやかに包み込んでいく。
俺は意識をそらすために、そういや風呂に入ったのはいつだったかと考えた。確か今朝だ。あれから数時間経って、俺のペニスは日中の熱気と湿気とで、ムレにムレまくっていたに違いない。かすかなアンモニア臭《しゅう》と混ざってこの上なく生臭《なまぐさ》くなった肉棒が、いまアリスの口の中でさらに濃厚な雄の匂《にお》いをばらまいているはずだ。小便と先走り液が染みついた先端が、歯茎の隙間や舌の皺《しわ》まで犯しているはずだ。さまざまな体液を混ぜ込んで濃縮された唾液が、いま極上の蜜《みつ》となってアリスの舌に乗せられ、俺のペニスを飴細工のようにねっとりと輝かせるのだ。

「ちゅっ……んちゅっ……ひぁ、お兄様……なんかいっぱい出てきたっ」
先端から溢れた透明の汁を見て、アリスは感嘆の声をあげた。たらたらと垂れるのがおもしろいのか、両手の人差し指と親指とでキュッとカリ首を締めあげてみる。
「わぁ……お汁が溜《た》まってキレイな雫《しずく》になったよ」
そう言いながら、アリスは先端で丸く雫になった液体をぺろりと舌ですくい取った。つまみ食いが見つかってしまった子供みたいに肩をすくめて俺を見上げてから、再び口を丸く開けて亀頭を吸い込んでいく。
さっきよりも深くペニスをくわえ込んだので、幹の部分がやわらかい粘膜の壁に愛撫されていく感触を味わった。とろけそうに豊潤な波にさらわれ、全身の血液がすべて精液になってしまったのではないかと思うほど、股間《こかん》へと集中していく。緊張でこわばっていた陰嚢《いんのう》の皺が徐々にほぐされ、いまではははち切れんばかりの重さをたくわえてきたるべき放出のときを待ちわびていた。
「精液、出るの？」
キラキラと瞳を輝かせて、アリスは顔を上げた。
「う、うん……もう、出るっ……！」
「アリスが飲むんだから！」
「いや、ちょっと離し……」

ものすごい勢いで、アリスは再度ペニスをくわえ込んだ。根元までずっぷりと埋まった瞬間に、激しい雷鳴のようなものが俺の脊髄《せきずい》を通過した。それまで鉛のように重かった腰がフッと軽くなったとき……俺の亀頭からマシンガンが暴発したかのような勢いで、熱いなにかがほとばしった。

「……んっ！　くっ……んぐ……」

「うう……！」

俺はなぜか必要以上に驚いてしまい、ペニスに手を添えながらとっさに引き抜いた。そのまま幹の部分を手で数回こすると、白い精液がびゅびゅっと勢いよくアリスの顔面に直撃した。

「……きゃっ！」

液体というより、ゆるいジェル状になった乳白色のものが、アリスの眉間《みけん》あたりからとろとろと流れ落ちてくる。彼女はしばらく呆然《ぼうぜん》としていた様子だったが、やがてその精液を手で拭《ぬぐ》い、ぺろりと舌で舐め取った。

「……お兄様の精液……ヘンな味」

「そ、そりゃそうだよ……でも……」

やっぱりアリスの食事として代用はできないのか。やっぱり血を吸わなきゃダメなのか。自分の生死にかかわる問題だというのに、もはやどうでもいいような気もしていた。初め

てのフェラチオと、初めての顔射。まさに盆と正月がいっぺんにやってきたような快楽の祭典に高揚して、俺は完全に判断能力を失っていたのだった。

「ん……ちゅっ……あ、おいしいかも」

どっちなんだよ！

アリスは顔に付着した精液を一生懸命手で拭い、大事そうにぺろぺろと舐めていた。そうか……そうだよ、アリスにとっては食事なんだから、下手《へた》に撒《ま》き散らしたらダメなんだ。一滴だって貴重な食料源なのだから。

「あぁっ、まだこぼれてる〜〜〜」

まだまだ腹八分目、とばかりにアリスはペニスにしゃぶりついた。

「うぉっ⁉」

射精したばかりで敏感になっている亀頭を吸引されて、俺はうひゃあと飛び上がった。どうやら残りの汁が少しずつ漏れていたらしい。ぴちゃぴちゃと音を立てながら、おいしそうにごくごくと嚥下している。

「おいしい……お兄様のおちんちん、おいしい……」

「こらこら、女の子がそんなこと言うもんじゃないぞっ」

「アリス、吸血鬼だもん」

けろりとした口調でアリスは答えた。ううむ、そういう問題なのか？

「お兄様、この精液ってたくさん出るの？」
わくわく、といった表現がまさにあてはまるような表情で言う。
「まあ……出るには出るけど」
俺は照れ臭くなって、曖昧《あいまい》に返事をした。現に今も、アリスにペニスを吸われてちょっと反応してしまっている俺がいる。いま出したばかりなのに。これだからチェリーボーイってやつは……ままならないもんだ。
「一日一回は出るの？」
「あ、ああ」
嘘《うそ》つけ、と内心ツッコミを入れる。一回どころか、二回も三回も出る。妄想さえ軌道に乗れば……または、パートナーの協力さえあれば、まだ見ぬ新境地へと羽ばたくことも可能だろう。
「よかった。アリス、お兄様の精液を飲む！　これでお兄様も大丈夫だね」
アリスはいままで見た中で、一番の笑顔を浮かべて俺を見上げた。
大丈夫……なのかどうかはわからないけど、少なくとも出血多量で命を落とす可能性はなくなったはずだ。精気を絞り取られてポックリいく可能性がないとはいえないけど。
「わっ、またおっきくなってきちゃった」
不思議そうにペニスを眺めるアリス。そりゃそうだ、自分で寝た子を起こしたんじゃな

いか。
「いまお食事したばかりだからなぁ……でも大丈夫かな……」
まさかもう一回飲もうとか思ってるのだろうか。それは願ってもない申し出……いや、そうじゃなくて。
俺は、ほんの少しフクザツな気分になったのだ。
結局、ペニスを舐めることもアリスにとっては食事の支度程度の意識しかないんじゃないか。まあもちろん、俺が瀕死《ひんし》状態に陥らないようにとの打開策ではあるんだけど……こう、心のどこかで罪悪感を抱いてしまったりするのだ。
「……ねえお兄様、アリス以外の人に精液あげたらイヤだからね」
「へ……？」
俺の脚の間で、ちょこんと座っていたアリスが顔を上げた。
「アリスだって、お腹空いたら誰でもいいってわけじゃないんだから」
そ、そうなのか？　……あ、確かに昔の映画だと、ドラキュラは若い処女の生き血しか吸わないって設定だったような。
いや待て。だったら俺もダメじゃん。
「どんなにお腹空いてても、嫌いな人には噛みついたりしないんだから。……おちんちんを舐めるなんて、もっとイヤなんだから」

下半身が素っ裸だということも意に介さない様子で、アリスはぎゅっと唇を噛みしめる。
……ということは、だ。アリスはいちおう、フェラチオはえっちな意味があるってことを認識してるのかな？
「アリス、お兄様のおちんちんなら舐められるって思った。他の人はイヤ。お兄様だから大丈夫だったの！」
「そ、そうか……」
気の利いたことのひとつも言えなくて、俺は頭をかきながら言葉を濁した。するとアリスは、手を伸ばして俺のペニスをむんずと掴む。
「うぁっ！」
「……だから、お兄様はアリスを一番かまってくれなきゃダメなの。お母様たちも、『お兄様を籠絡《ろうらく》して女を磨くといい』って言ってたし」
「……はあああ？」
「根が単純で人が好くてえっちだから、一度しちゃえば思い通りになるわよって……」
俺は心の底からため息をついた。
ったく、アリスの母さんといいウチの母親といい、なに考えてんだ！　若い女の子にとんでもないこと吹き込みやがって！　しかもだいたい当たってるところがムカつく！
「あのね……それは、あんまり本気にしないほうが」

「お兄様、アリスのものになって。……ね？」
俺の首に腕を回し、耳元でそんな殺し文句を吐いてくれるのだ、この小悪魔……いや、吸血鬼は。ふいにアリスの頬の熱を感じた。胸に押しつけられた乳房の膨らみも。ほんのりと汗ばんだ首筋も。ゆらゆらと揺れる水晶体に映る、濃紺の長いまつげの影も。
……アリス。君にとって俺はなに？　ただの食料源でないとしたら、その向こうにある答えは？
「じゃあ……俺もお願いしていいかな」
「え……？」
小首をかしげながら、アリスは俺の顔を覗き込む。
「俺……アリスとえっちなこととしてみたいんだけど」
勇気を振り絞ってそう言った。俺だって、嫌いな子と関係を持つのはイヤだ。かといって、愛のないセックスに是が非でも反対するほど、人間ができているわけじゃないけど。
アリスだから、セックスしたい。それはきっと、アリスが俺に対して持っている感情と、同じ種類のものだと思うのだ。
「……お兄様、アリスの魅力が効いてきたね？」
くすくすと小さく笑いながら、アリスは俺の耳たぶを優しく噛んだ。

よくよく考えてみれば、これがアリスとの初めてのキスだった。
女の子とつき合うときって、絶対にキスが最初で、そのあとベッドへ……っていう展開だと思ってたのにな。まさかなにもかも吹っ飛ばして、いきなりフェラチオされるとは。瞬時に暴発しなかっただけでも、俺ってすごい！　……と、思いたい。
「ん……」
ベッドに横になったアリスは、小さく俺に口づけた。どうやら照れ隠しらしい。普段は小生意気なことばかり口走るくせに、このときばかりはさすがに緊張を隠せない様子だ。
「お兄様……アリス、全部脱いだほうがいい？」
中途半端に衣服を身につけている自分の姿に違和感を感じたのか、アリスはさっそくニーソックスに手をかけようとした。
「いや、いいよこのままで」
俺はその手を優しく制して、代わりに自分の指をアリスの太ももに滑らせた。つるつるとした生地の感触が心地いい。滑り止めのゴムになっている部分が、ほんのわずかだけ肉に食い込んでいるところ。この段差を指でなぞるだけで、得も言われぬ気分になってしまう。
「……んもう、足ばっかり見てる」
いつまでもニーソックスの感触を楽しんでいる俺に対して、アリスは唇を尖《とが》らせた。

「ごめんごめん、キレイな足だから……」
俺は口ごもりながら、ゆっくりとその両脚を割った。アリスはほんの少しだけ抵抗の色を見せたが、やがてしぶしぶといった様子で力を抜いた。小刻みに震えている身体をほぐすように、ゆっくりと太ももを撫でてやる。
頑《かたく》なだった門を開けると、奥にはつるんとした恥丘が見えた。まるでその奥の秘宝を隠すかのようにぴったりと蓋《ふた》を閉じていたが、さらに大きく脚を広げると、しだいにてらてらと光る桜色の襞《ひだ》が見えてくる。その真ん中には、まるで生まれたての赤ん坊の唇みたいな秘芯が、艶《つや》やかな輝きを帯びてひっそりと存在していた。
それは、少女そのものの象徴だった。誰にも明かされたことのない秘密を目の当たりにしてしまったバツの悪さと、共犯めいた背徳感。侵してはいけない領域に踏み込んだ興奮とで、俺の下腹部は煮えたぎるような熱を持ち始めていた。
「あっ……ん……！」
もっと奥まで覗いてみたくて、俺は指で白い柔肉を押し広げた。すると、その柔肉でせき止められていた愛液がとろりとシーツに流れだしてくる。露《あら》わになった秘芯の先端は、恥ずかしそうにふるふると震え、甘酸っぱい香気を放ちながら肉の玉座に鎮座していた。
「ここが、アリスのおまんこか……」
感慨深くなり、俺は自然につぶやいてしまった。

「そういうこと……口にしないで」
「アリスだって、さっきおちんちんおちんちんって連呼してたじゃないか」
「アリスはよくても、お兄様はダメ。そういう決まり」
「そんな……」
ぷい、と頬を膨らませてから、アリスは両手で自分の顔を覆った。
俺は苦笑しながら、撫でるようにそっと蜜壺《みつつぼ》に指を滑らせた。
しとどに濡れそぼったそこは、じゅわっと汁が溢れ出して俺の指を包み込んでしまう。実際に試したことはないけど、ハチミツの瓶に指を入れたらこんな感じなのかも、なんてことを考えた。
「あぁっ……！」
シーツを固く握り締め、アリスは目を閉じた。俺はそんな様子を眺めながら蜜壺をゆっくりとかきまわす。激しい動きも加えていないのに、すぐにぴちゃぴちゃと水っぽい音が聞こえてきた。アリスが呼吸するごとに指が締めつけられ、海の満ち引きのように一定のリズムで肉襞が打ち震えた。
「あぅ……はぁっ……あ、んぁ……」
今度は服の上から、そのかたちのよい乳房をてのひらで包み込んでみる。ぴったりとフィットしたデザインのカットソーなので、服を脱がなくてもその姿かたちがはっきりとわ

かった。細いアンダーバストには不釣《ふつ》り合《あ》いなほどのボリュームにもかかわらず、寝た状態でも左右に流れないハリがある。そのくせ揉《も》み心地はマシュマロを触っているかのようにソフトで、たぷたぷと手の中で自由に姿を変えては、また元のかたちに戻るのだ。

「もう乳首立ってるよ、アリス」

「あんっ、言わないでってばっ……」

身をよじらせながら、苦しそうにアリスは答えた。ささやかな突起でしかなかった乳首が、いままでは立派な存在感を保って乳房の中心に位置している。かわいらしいそのつまみを指でコリコリとひねり曲げてやると、アリスの内股《うちまた》がビクビクと痙攣《けいれん》した。……どうやらいまのは、感度を調節するスイッチだったらしい。

「あんっ、お兄様っ……つまんじゃイヤぁ……ん、はぅっ……！」

汗が染みこんだ服に、ぴったりと乳首のかたちが浮き上がっている。俺はその部分に唇をつけ、突起を口に含んでみた。

「んっ！　くぅ……はぁ……っ」

ほんのりとしょっぱい味が口内に広がった。つるつるとした繊維に唾液をたっぷりなすりつけ、コリコリと膨張した乳首の感触を舌で楽しんでみる。あめ玉を舐めるように転がしてから、歯で優しく根元を噛んでやると、ぴくんと突起の先端が痙攣してさらに硬さが増していくようだった。

「やぁ……それ、ヘンだよ……っ」
困ったような口調でアリスはつぶやくが、頬は上気し、快感をもてあますようにじりじりと腰が動いている。見れば、アリスの陰部からはおびただしい量の愛蜜が溢れ、シーツにねっとりとした水たまりをつくっていた。
俺は極限まで腫《は》れ上がった自らのペニスに手を添えた。さっき射精したばかりなのに、もう先端からは透明な先走り液が滲み出している。
「あ……アリスのお食事……」
アリスはペニスを見るなり、嬉しそうに俺の下半身に飛びかかろうとしたが、なんとかベッドに組み敷いてそれを阻止した。
「やんっ！」
「上のお口はもういいの。今度は下のお口でどうぞ」
そう言うと、アリスは少し不服そうな顔をしたが、なんだかんだ言って素直に俺へと身を任せている。俺はアリスの太ももを開いて、その中心にそっとペニスの先端を押しつけた。うまく入るかどうか心配だったが、もうあそこはじゅうぶんに潤っていたので、なんとか膣口《ちつこう》に亀頭までを挿入させることができた。
「……痛い？」
「んー、だいじょう………い、痛い痛い痛いっ！」

ほんの数センチ奥へと進めたところで、アリスが絶叫に近い声をあげた。俺は急に怖くなって、そのまま動きを止める。
「ごめん、ゆっくりやったつもりなんだけど」
「うー！　聞いてないっ！　気持ちいいことの前に痛いことがあるなんて！」
誰に対してかよくわからないが、アリスはぷんぷん怒っていた。
……そりゃ、痛みを伴うなんて女の子にしてみればずいぶんと理不尽な話だよな。男に生まれてよかった……なんて口には出せないけど。
「アリス？　大丈夫？」
「んー……大丈夫じゃないけど、早く入れて。乱暴はしないでね」
……つまり、痛くないように入れろってことか。初心者には厳しすぎる注文だ。
俺はなるべく負担をかけないように、再び腰を押し進めた。奥に行けば行くほど道は狭くなり、必然的に陰茎への締めつけも激しくなる。
うっ……なんか、もうやばいかも。
「んんっ……入ってる……おちんちん、入ってるのがわかるぅ……あぁ、痛い！」
「ごめん……少し我慢してね……」
みりみり、と肉襞がほぐれていくような感覚がした。頑なに侵入を拒んでいた薄い膜に隙間を見つけたような気がして、ずぶりと一気に突き進んだ。

「くぁぁっ……！」
アリスの全身が弓なりに反り返る。先端から根元まですべてをあたたかい肉溜まりに迎えられ、網膜の後ろが真っ白になるぐらいの衝撃を覚えた。身体を支えていた腕の力が抜け、俺はそのままアリスの上にばさっと倒れ込む。
「……う……アリス？　大丈夫？」
「ううっ……この代償、大きいんだから！」
すっかり涙目になり、しゃくりあげるような声でアリスは言った。
「だ、代償ですか？」
「いい？　お兄様……。吸血鬼アリステル・レスデルは、お兄様の身も心も支配して縛る者の名前なんだからっ……！」
「う、うん……」
迫力に気圧されて、俺はわけもわからずうなずいた。
な、なんだろう……つまり、これでふたりはひとつになった……ってことかな？
「……で、お兄様、どうなの？」
「どうって？」
「……アリスのおまんこ」
顔を赤らめて、アリスはつぶやく。ううっ、ちょっとカワイイぞ……。

「うん、すっごい、気持ちいい」
俺はゆっくりと腰を動かした。陰茎が前後にこすれることによって、細かい気泡と共に愛液がじゅわっと溢れ出てくる。まだ開通したばかりの膣道は、俺の動きに応じて繊細な揺らめきを見せ、肉棒をまるごとあたたかく包み込んでいた。
「あ……あっ……おまんこ、しびれちゃう……」
アリスに少し余裕が生まれたのを見計らってから、俺はさらに腰の動きを速めた。精液を溜めた陰嚢が、たぷたぷと彼女のお尻にあたる。ぱっくりと割れた陰部には、まだ未熟なつぼみがツンと上を向いてぬらぬらと輝いていた。その部分を指でくりくりといじりながら腰を突き上げると、急に訪れた刺激に、アリスの腰がひゅんと浮き上がる。
「あんっ……あぁ……お兄様ぁっ……！」
「……もう痛くない？　アリスも気持ちいい？」
「うん……アリスも気持ちいいから……お兄様も気持ちよくなっていいよっ……」
額にじっとりと汗をかきながら、アリスは叫んだ。俺はベッドがギシギシときしむほど、激しく腰を上下させた。肉の波がいっせいにしぶきを上げ、津波のような勢いで俺のペニスを覆っていく。ぬかるんだあそこはとても熱くて、さらにずるずると奥に引きずり込まれていくような感じがした。
「あっ、んはぁ、いいっ……あぁっ……やあぁっ……！」

じゅぷっ、じゅぷっ、と卑猥《ひわい》な音が接合部から漏れ始めた。愛液と共に、破瓜《はか》の証《あかし》である血が混ざって流れ出してくる。俺が膣奥へと肉棒を叩《たた》きつけるたびに、ぎゅっぎゅと肉のざわめきが波動のように押し寄せてきた。たっぷりと満ちた蜜のうねりが陰茎を包み、前後に揺れるたびにぐつぐつと沸騰《ふっとう》してまとわりついている。

めくるめく快感の波に翻弄《ほんろう》され、俺の脳髄はスパーク寸前だった。これ以上動いたら、もう、俺は……！

「も……もう、出る……！」

「あっ……お兄様ぁっ……あぁっ……！」

視界いっぱいに光が爆《は》ぜ、限界を迎えた俺はびゅくびゅくとアリスの中に精液を放出させた。

「ひゃぁっ……熱いっ！　いっぱい、熱いよぉっ……！」

全身をぴくぴくと痙攣させながら、白いシャワーを受け入れた彼女は歓喜の声をあげた。

最後の一滴が出終わるまで、俺はゆっくりゆっくりと腰を動かし続けた。そしてようやくずるりとペニスを引き出すと、中からドロリとした液体がシーツにこぼれ出す。

「あ……アリスのあそこから、お兄様のお汁が漏れてきてる」

彼女は、ほら、と脚を開いてその部分を俺に見せつける。

「はは、ははは……」

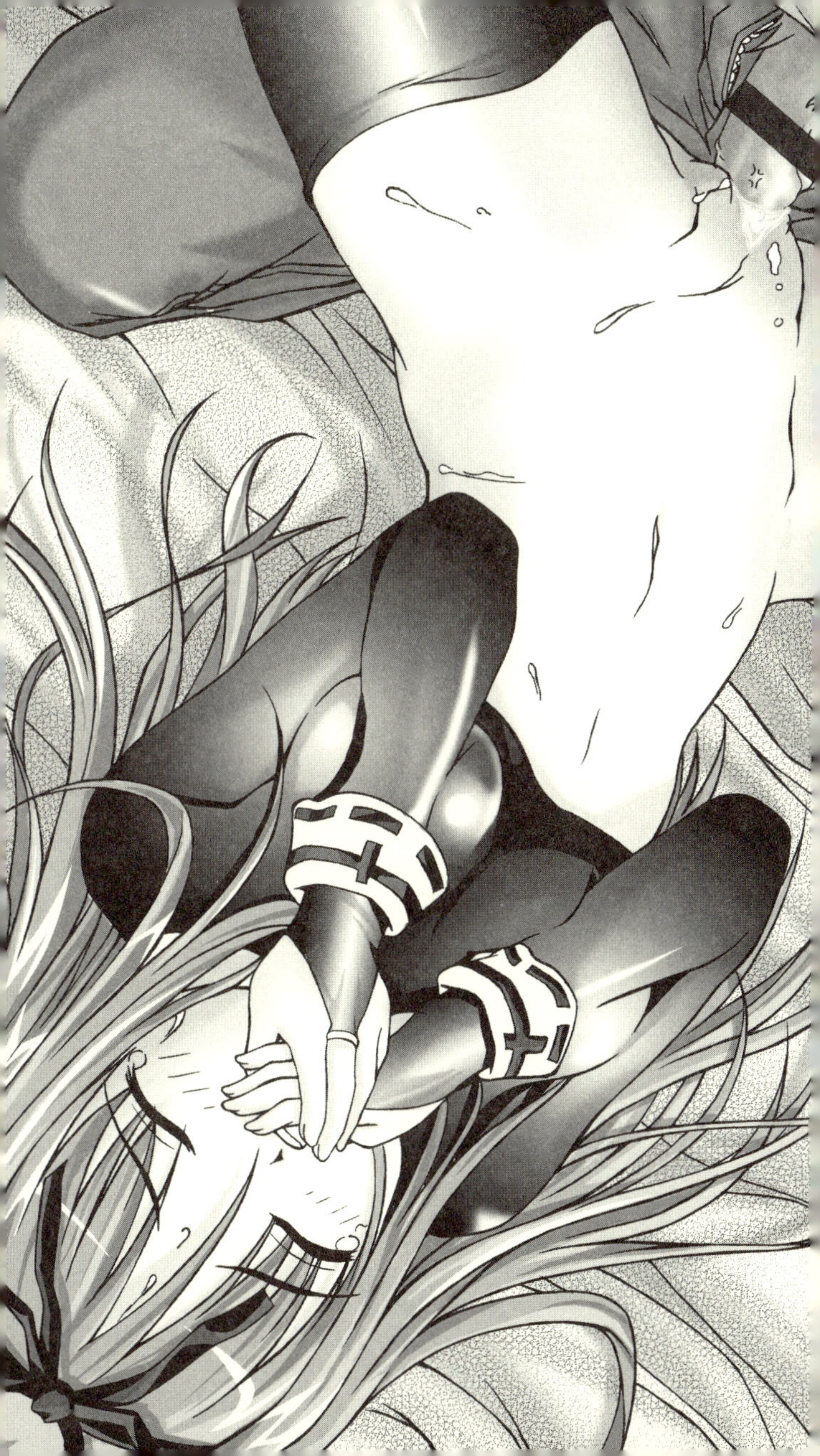

小さな赤い舌が白濁した蜜をぺろりと舐めるのを見て、俺は力なく苦笑した。二度目の射精にもかかわらず、自分でも驚くほどの量だった。
しまった。外に出す余裕もなかったよ……。
「その……ごめん」
「もう、アリスのお食事、掻《か》き出さなくちゃいけないじゃない。めんどくさいなあ」
え……そういう問題……なのか？
ぶつくさと言いながら、アリスは必死に陰部から精液をすくい出している。手伝ったほうがいいのかな。いやいや、そういうことじゃなくて……。
俺はぽりぽりと頭をかきながら、そんなアリスを見つめていた。
――初体験は、吸血鬼。
あまり普遍的とはいえないケースだけど、まんざらでもない、いやむしろ……めちゃくちゃよかった、と思っている自分がいるのだった。
やっぱ、最低でも一日一回はこうやって精液を出さないといけないんだよな。
……血を吸われるよりも、ヘビーな気がしてきた。

第二章　お兄様は別腹！

「やーだーっ、アリスも一緒に行く！」
「だからダメだってば！　頼むから部屋でおとなしくしててくれって」
「ずるーい。こんなに天気がいいんだもの、アリスだってお出かけしたい！」
……それが吸血鬼のセリフかってーの。俺《おれ》は玄関のドアを必死に押し戻しながら、はぁとため息をついた。
この数日間、アリスは一歩も部屋から出ずに引きこもったままだった。特にやることがあるわけでもなく、強いていえば夜、俺とえっちなお食事タイムにいそしむだけで……というのは置いといて、ろくにこの街の散策もしていないのだから退屈するのは無理もない。
が、しかし。やっぱり真っ昼間からアリスと外をうろうろすると、それなりによからぬ噂《うわさ》が流れてしまうというか、近所の人も不審に思うだろう。あらあそこの息子さんったら、ただの引きこもりだと思ったら若い女の子を部屋に連れ込んじゃって。しかも外国人ですってよ！　いやぁね～、ろくに大学も行かないでなにやってるのかしらねぇ、あらそういえば奥様、ダイエットといえばカプサイシンがいいらしいわよぉ～……なんて具合で、どんどん近所に悪評が立っていくのだ。ああ、考えるだけでもブルーになる！
……というわけで、俺はアリスに悪いと思いながらも、こっそりとひとりで外出しようと試みた。しかしそんなたくらみがバレないはずもなく、こうやって玄関先で押し問答を繰り返すに至るのだった……。

「お兄様はアリスのお兄様なんだから、アリスのご機嫌《きげん》を取るのは義務っ！」
「そんな……つか、『面倒見る』だけじゃなかったっけ？　いつから『ご機嫌取る』にレベルアップしたの？」
「お兄様の努力を評価してレベルアップしました」
文句ある？　といった表情でアリスは俺の腕にしがみつく。
うぅ……どうしたもんだろうなぁ……。
と、途方に暮れていると、ふと誰《だれ》かが玄関の前で立ち止まった。
「……あ」
その人物の姿を見て、俺は固まった。白と紺の制服。確かこれ、大学の付属の制服だったよな。清楚《せいそ》な白いブラウスの下には、豊かな胸が窮屈そうに収まっている。襟《えり》の上で生《き》真面目《まじめ》に切りそろえられた髪。そして、不審そうに俺を見上げる……濃紺の瞳《ひとみ》。
「こ、こんにちは……」
俺がおそるおそる挨拶《あいさつ》をすると、彼女は怯《おび》えたような目つきで小さく会釈をした。そしてゆっくりと視線をアリスに移し……さらに驚いたように、大きく目を見開いた。
「えっと、あ、た、確か水無瀬《みなせ》さんでしたよね？　はは、隣同士で住んでるのに、めったに会わないから……あ、この子は俺の親戚《しんせき》で」
「むー！　違うもん！　アリスはお兄様の……」

と言いかけたところで、俺はアリスの口を手でふさいだ。だからもう、ただでさえ怪《あや》しいふたりなんだから、これ以上状況を悪くしないでくれよおお！
「私《わたし》……失礼します」
再びぺこり、と頭を下げたあと、彼女は逃げるようにして隣の部屋に入ってしまった。
あちゃー。もともと警戒心の強そうな子だったもんなあ。絶対ふしだらな男だと思われてる気がする。
「……だぁれ？」
振り向くと、アリスはめいっぱい機嫌の悪そうな顔で俺を咎《とが》めた。
「え？　ああ、隣に住んでる水無瀬さん。確か、水無瀬綾乃《あやの》っていったかな。たまにバッタリ会うんだけど……」
俺がひとりのときは、もう少し愛想がよかった気がする……のは、果てしなく気のせいかもしれないけど、この現場を見られてさらに溝をつくってしまったように思うのは、絶対に気のせいじゃなさそうだ。
「……お兄様、なんか顔がデレデレしてた」
「え？」
「さっきの女のこと、いやらしい目で見てた！」
「ええっ!?　そんなことないよ！」

むー、むー、とアリスが唸《うな》る。ああ、どうしたらいいんだ。アリスってば、かなり嫉妬《しっと》深い性格なんだなあ……。

「とにかく、俺もう行かなきゃ」

「そうやって逃げるんでしょ。アリスも行くの！」

「んなこと言ったって、アリスが大学の授業受けるわけにいかないだろ？」

「……え？　大学？　学校？」

きょとんとした顔で、アリスはぱっと手を離した。

「そうだけど、どうかした？」

「アリス、今日はお留守番する。行ってらっしゃい、お兄様」

ぱたん。

目の前でドアが閉まる。……っておいおい、なんなんだよ、その切り替えの早さは！

俺は狐《きつね》につままれたような気分で歩き出した。

アリス……もしかして学校とか勉強とか、嫌いなのか？

外に出るのがイヤになるほどの快晴。

緑萌《も》ゆるさわやかなキャンパス。シトラスグリーンの風。かしましい女子学生たちの声

が聞こえてきて、なんだか鬱々《うつうつ》とした気分になった。
自分が在籍している大学だというのに、いつになっても慣れない空気。ひどく場違いなところにいるようで、自然と足が遠ざかっていた。そうなると必然的に、単位も危うくなってくる。正直今日だって、別段授業を受けに大学まで来たわけじゃないのだ。
うちの大学で唯一誇れるところといったら、図書館の蔵書量。
アリスのことについて……いや、吸血鬼について詳しく書かれている文献があればと思い、ここまでやってきたのだが。
俺はいざ、図書館のドアを開けると――そのまま引き返したくなる衝動にかられた。
その広さといったら、ドーム球場何個分……というのはかなり大げさだが、毎度毎度来るたびに、大昔に流行《はや》った巨大迷路を訪れてしまったような感覚を覚える。
貸し出しカウンターはいつも人でにぎわっているし、図書館司書の人数も半端じゃないし、データベース検索用の端末も順番待ちといった有様だ。もちろん本棚はカテゴリーごとにしっかりと分類されているのだが、この広大な書物の海の中からどうやって「吸血鬼」に関するデータを拾い集めていけばいいというのだ？
「まずは事典かな……」
俺は案内図を見てから、施設内のはじっこのほうにある事典コーナーへと急いだ。なんかもう、すでにバテ気味な俺。ここまで来ただけでお腹《なか》いっぱいという感じ。

「あら……拓馬……くん？」
挙動不審にうろうろしていた俺に、誰かが声をかけた。
大学で人に声をかけられたことなどほとんど皆無な俺は、必要以上に警戒しながら背後を振り向く。
そこには、ショートカットの女性が立っていた。メガネの奥から、賢そうな瞳が覗《のぞ》いている。胸元がVの字に開いた赤いカットソーがよく似合う、とびっきりといってもいいぐらいの美人。
「えーと………あ！　汐月《ゆうづき》さん？」
「正解」
彼女――汐月夜《よる》は、にっこりと微笑《ほほえ》んだ。
そうだ、ようやく思い出した。高校の時、何度か同じクラスになったことがある。隣同士の席になったこともあって、よく勉強を教えてもらったっけ。
もちろん、友達なんて気安く呼べるような間柄ではなかった。彼女は常に学年でトップクラスにいるような才女で、みんなからの羨望《せんぼう》を一身に受けている存在だったのだ。俺なんて、隣の席にでもならなければ一生、話す機会などなかったかもしれない。
あのとき、彼女が親身になって勉強を教えてくれたおかげで、俺の成績は飛躍的に伸びた。いまの大学に合格したのも、彼女の協力なしでは成し遂げられなかった。大げさでも

なんでもなくて。
……そんな恩人の顔を、一瞬でも忘れてしまうなんて、俺ってば実はすっごい薄情な人間なのかもしれない。
「私のこと、覚えてくれたのね。よかった」
「むしろ、汐月さんが俺を覚えててくれたことのほうがびっくり……」
「そう？　あなたのことはよく覚えてるわ。何度か同じクラスになったこともあるし、隣の席になったこともあるもの」
メガネのフレームを持ち上げながら、まっすぐに俺を見つめる汐月さん。
なんたる光栄。これだけでも、大学に来た甲斐《かい》があるってもんだ。
「今日は調べものかなにか？　図書館で拓馬くんに会うなんて珍しいわ」
汐月さんは上品に微笑んだ。うーん、確かに調べものなんだけど、授業にはあんまり関係ないし……こんなこと言っても、不審がられないだろうか。
「……実は、吸血鬼のこと調べてるんだ。その、趣味で」
「吸血鬼？」
怪訝《けげん》そうな面持ちで、彼女は俺の顔を覗き込む。
「いや、あの、最近吸血鬼の映画を観《み》てさ。もしかしたら実際に存在してたんじゃないかなーなんて思ったりして。えーとあの、興味本位ってやつ」

「ふうん……おもしろそうね。私もそういう話、嫌いじゃないわ」
汐月さんは窓際にあった椅子《いす》に腰をかけ、隣の空き椅子を俺に勧める。
「ワラキア公国のヴラド三世とか、雑学レベルでなら知ってるけど、詳しい文献を読んだことはないわね。なかなか奥が深そうなジャンルではあるわ」
「ブラ……？」
耳慣れない言葉を聞いて、思わずアホ面さらして問い返す。
「ヴラド・ツェペシュ。あるいは、ヴラド・ドラクレア。吸血鬼ドラキュラのモデルって言うとわかるかしら？」
「ああ……モデルがいるってのは聞いたことあるかも」
俺は大きくうなずいた。さすが汐月さん、すこぶる博識である。クイズ番組に出場する機会があるなら、迷わず彼女をパートナーに選びたい。
「十五世紀あたりのバルカン半島一帯は、歴史的にも興味深い時代だったわ。そこらへんの関連書物ならリストアップしてあげてもいいけど、どうする？」
「いや、それは……遠慮しておくよ。俺、世界史の講義登録だけして挫折《ざせつ》したし」
「そう？　結構おもしろそうだと思うけど」
横文字っぽい単語が並ぶと、拒否反応を起こす人っているよな。ごめん、それ俺。
「私も、暇なときに調べてみるわ。拓馬くんと話してたら、興味がわいてきちゃった」

「ホント？　ありがとう！　ひとりじゃどっから手をつけていいかわからなくて」
「いいのよ。司書さんとも知り合いだし、閉架書庫を開けてもらえるよう頼んでみる。高い学費を払っているんだから、これぐらい活用しないとね」
いたずらっぽい色を浮かべながら、小声で囁《ささや》いた。ふいに汐月さんの顔が近くに寄って、俺はどぎまぎしてしまう。
……そういや昔も、こうやって勉強を教えてもらってたんだよな。あのときも同じように、汐月さんの一挙一動に胸を高鳴らせていたっけ。
いい思い出なんてあんまりなかった時代だったけど……汐月さんとお近づきになれたってことは、すごく誇らしい出来事だった。
「それじゃ、いい文献を手に入れたら連絡するわ」
汐月さんは立ち上がって、再び微笑んでみせた。
「ホントにありがとう……汐月さん」
「だから、いいってば。……それより、いまだにさんづけで呼ぶのね。私のこと。呼び捨てにしていいって何度も言ったんだけどな」
「えっ、そうだっけ？」
「そうよ。やっぱり忘れてる」
やれやれといった口調で、彼女は肩をすくめた。

「私、記憶力だけはいいんだから。……確か、これで六回目よ。拓馬くん」

「もう、遅い！　お兄様ったら、遅い！」

日が暮れる頃《ころ》に帰宅するなり、アリスは大声でそう叫んだ。

ベッドに腰かけ、足をぶらぶらさせながら俺を睨《にら》む。相当ムカついているのか、力任せに抱き締められたムーアの顔が、迷惑そうに歪んでいた。

まったく、やれやれだ。こんなこともあろうかと、お土産にチーズケーキを買ってきたのだが……果たして吸血鬼はお気に召すだろうか？

「まあまあ、そんな水風船みたいなほっぺたしてないで」

「ほっぺたツンツンしないでっ！」

「ごめんごめん、ほら、お土産だぞ。チーズケーキ」

とたんにアリスの目の色が変わった。険しい表情が一変して、とろけそうなほど柔らかい笑みを浮かべている。

「チーズケーキ大好き～っ！」

俺からひったくるようにしてケーキの箱を奪うと、そのままテーブルへと猛ダッシュして中身を確かめる。食べてもいないうちから、ほっぺたが落ちそうな顔だ。

はあ……よかった。これでしばらくは機嫌もいいだろう。
「んー、おいしい〜。でも足りない！」
「……え？」
俺はおそるおそるケーキの箱を覗いた。念のため、三つ買ってきたんだよな。俺がひとつで、アリスがふたつ。俺もそんなに甘いものが大好きってわけじゃないから、半分くらいはわけてあげてもいいなって思ってたんだけど……嘘《うそ》だろ⁉　もう三つないし！
「全部食べちゃったの……？」
「うん。だってアリス、お腹空いてた」
「あの……ひとつぐらい残してもらいたかったんだけど」
「帰りが遅かったバツだもん。それに、アリス以外の女にデレデレしてた。だからお兄様のぶんはないの。この浮気者！」
べーっと、思いっきり舌を出してからそっぽを向くアリス。ケーキ食われただけじゃなく、悪態もつかれてる俺って、なんかすごいかわいそうな気がするんだけど……。
「お兄様、お腹空いた。お食事は？」
お、俺だって腹減ってるんだっつーの……と、言いかけたところで俺は言葉を飲み込んだ。
あれ？　アリス、しれっとした顔してるけど……なんか微妙に頬《ほお》が赤らんでいる気がする。ちらちらと俺の顔をうかがったりして、心なしかもじもじしてるような……。

もしかして、お食事って……そういうこと？
「アリス……食事、する？」
耳元で囁くと、アリスは耳まで真っ赤にして下を向いた。なに？　照れてるわけ？　この期に及んで恥ずかしいの？
「でもなぁ、俺も腹減ってるんだよなぁ」
「もう、お兄様よりアリスのほうが……きゃぁっ！」
俺は口答えするアリスを抱き上げた。そのままベッドへ運んで、へりに腰かけさせる。
「やぁ、ヘンなとこ覗いてるっ」
目の前にひざまずいた俺を見て、アリスはきゅっと脚を閉じた。
「な、なんだよ。昨日はもっと中まで……ぐあっ！」
小さな拳《こぶし》でパンチされ、俺はのけぞった。
「お兄様は、乙女心がわかってない」
手足をばたつかせて反論するアリス。しかし俺も負けてはいない。手を伸ばし、ニーソックスに包まれた膝小僧《ひざこぞう》を優《やさ》しくくるくると撫《な》でてみる。
「ん……くすぐったいっ」
「はあぁ、この感触、たまらないなあ……」
男心を溶かす魅惑のアイテム。それがニーソックス！　俺はそのつるつるとした素材を

存分に味わった。膝小僧からふくらはぎにかけて丁寧に撫でると、しだいにアリスの体温が上がっていくのがわかる。頑《かたく》なだった太ももが少しずつガードをゆるめ、スカートの中の白い三角地帯が目に飛び込んできた。……最高だ。これが男のベスト景勝地！

「……お兄様は、アリスよりニーソックスが好きなの？」

にんまりとした笑みを浮かべていた俺を、アリスの冷ややかな声が刺す。

「そ、そんなことないよ」

「でも、ずっと触ってる。お兄様、もしかして変態さん？」

不敵な表情で、俺を見下ろすアリス。くそう、俺をからかっているな⁉　だったらその変態マインドをもっと見せつけてやろうじゃないか！

「……ふわぁっ！」

アリスの右足を持ち上げ、俺はそのつま先に口づけた。唇に触れるつるっとした感触にうっとりしながら、クンクンと匂《にお》いを確かめたりして。

「お兄様っ、ちょ、ちょっと、ばっちぃよそれ！」

「ばっちくないよ。むしろいい匂い」

「ひゃぁ、ダメ、恥ずかしい～！」

泣きそうな顔でアリスはくねくねと身をよじらせた。ようやく「恥ずかしい」と言わせた達成感も手伝って、俺はさらに執拗《しつよう》につま先に舌を這《は》わせる。口の中にたっぷりと唾液《だえき》

第二章　お兄様は別腹！

を溜《た》め込んでから親指を含むと、ほんのりとしょっぱい味が口内に広がった。羞恥《しゅうち》に震えたアリスの毛穴から滲《にじ》み出た汗の味だ。

「うぅ、なまあったかくてヘンな感じ～……」

ぷるぷる、と小さくつま先が震えた。俺の唾液を吸い込んだ布地は、ラメをまぶしたかのようにキラキラと光っている。ぴったりと貼《は》りついたニーソックスの中では、空豆のような幼い親指がふにふにと窮屈そうに躍っていた。俺はちゅぷちゅぷと音を立たせながらその指に吸いつき、腹の部分を舌のざらざらしたところでねっとりと舐《な》め上げる。

「ふ……あっ……ひゃっ……」

「……けっこう気持ちいいんじゃない？」

「う……なんか、太ももがぞわぞわってする。おトイレ行きたくなっちゃう」

「ここでしてもいいけど」

どかっ！

容赦のない足蹴《あしげ》りを肩にいただき、俺は背後にひっくり返った。

「もう、ホントに変態さんなんだから～」

やばい……いま、蹴られてちょっと嬉《うれ》しいとか思ってしまった。自分がこんな下僕体質だなんて知らなかったぞ。

「じゃあさぁ……変態さんついでに、ちょっとお願いがあるんだけど」

そう言いながら、俺は起き上がってアリスの服に手をかける。
「ふわ、やぁっ。ヘンなとこくすぐらないでっ」
「くすぐってないってば。アリスが暴れるからだろ」
「だって指がっ、あはっ、やぁん、んきゃぁっ！」
どさくさに紛れて、ぺろんと服を脱がしている俺。ただし、ニーソックスは穿《は》かせたまま。太ももの白とのコントラストがひどく扇情的だった。こぼれ落ちた乳房がぽよよんと揺れて、俺のジュニアが呼応するように大きくしなる。
「あー、お兄様のおちんちん、おっきくなってる」
まるで宝物でも見つけたような無邪気な声で、アリスは俺の下半身を凝視した。
「こんなのまだまだ。もっと大きくなるんだぞ」
「そうなの？　お兄様すごいっ！　見たい見たいっ」
アリスはさっそく俺のベルトに手をかけ、不器用そうにかちゃかちゃと外してからジッパーを下ろした。俺のペニスはすでにパンツから飛び出さんばかりの勢いを見せており、恥ずかしいことに先走りの汁が布に染みをつくっているほどだった。
「あん、アリスに無断でお汁出したらダメっ」
「こら、待て待て」
パンツに吸いつこうとするアリスを制して、俺は床に座る。

「……これ、足でいじってみてくれない？」
俺の提案に、アリスは小首をかしげた。どうやらうまく意味が飲み込めていないらしい。
「こう、手でするみたいに、両足で挟んでみてほしいんだ」
「……それって、気持ちいいの？」
「うーん、それをいまから判断するっていうか」
そう言うと、アリスはくすくすと小さく笑った。俺のこと、相当変態だって思ってるんだろうなって顔。まあ、間違いじゃないかもしれないけどさ……。
「足でされたいなんて、普通のお兄様は言わない」
「普通じゃなくって、悪かったな」
俺がふてくされていると、アリスはそっと足を伸ばして、俺のペニスを左右から挟んだ。
「うぁっ！」
「ふふ、気持ちよさそう」
見透かすような口調で、アリスはふにふにと足の指を動かした。手や口とは違う、新しい感触に頭の中がくらくらする。布地ですべってうまく掴《つか》めないのか、おぼつかない感じで必死に動いているところもたまらない。
「うわ……やわらかいなあ」
「お口に締まりがありませんわよ、お兄様」

コツを掴んできたのか、アリスは土踏まずの部分でぎゅっと絞るような動きをした。そのまま上下にゆっくりと移動させ、カリ首にわざとひっかけるように楽しんでいる。
……それにしても、すごい眺め。
脚をくの字に開いてペニスを愛撫《あいぶ》しているものだから、パンティを穿いていないアリスのあそこはぱっくりと丸見えになっている。桃色のびらびらが左右対称に花開き、とろりとした粘膜の中で小さなお豆が恥ずかしそうに顔を出していた。蜜壺《みつつぼ》の入り口はまるで朝露に濡《ぬ》れた薔薇《ばら》のようで、花弁の中心から漂う甘酸っぱい香りに、俺の鼻がヒクヒクと反応した。
アリスは上下にこするだけでなく、足の甲を使ってこりこりとした部分をなすりつけたり、足の親指と人差し指でカリ首を掴んでみたりと、あらゆる趣向を凝らしている。俺がいちいち反応するのがおもしろいのか、まるで泥んこ遊びに興じる子供のような表情で、愉快そうにペニスと格闘するのだった。
「すべってうまくできない……これ、脱いでもいい？」
そう言って、アリスはニーソックスのゴムをぱんっと引っ張る。
その音が、俺の鼓膜に甘美に響く。うはぁ、たまらない。もう一回ぱんってやってほしい。ぜひともアンコール。
「お兄様、聞いてる？」

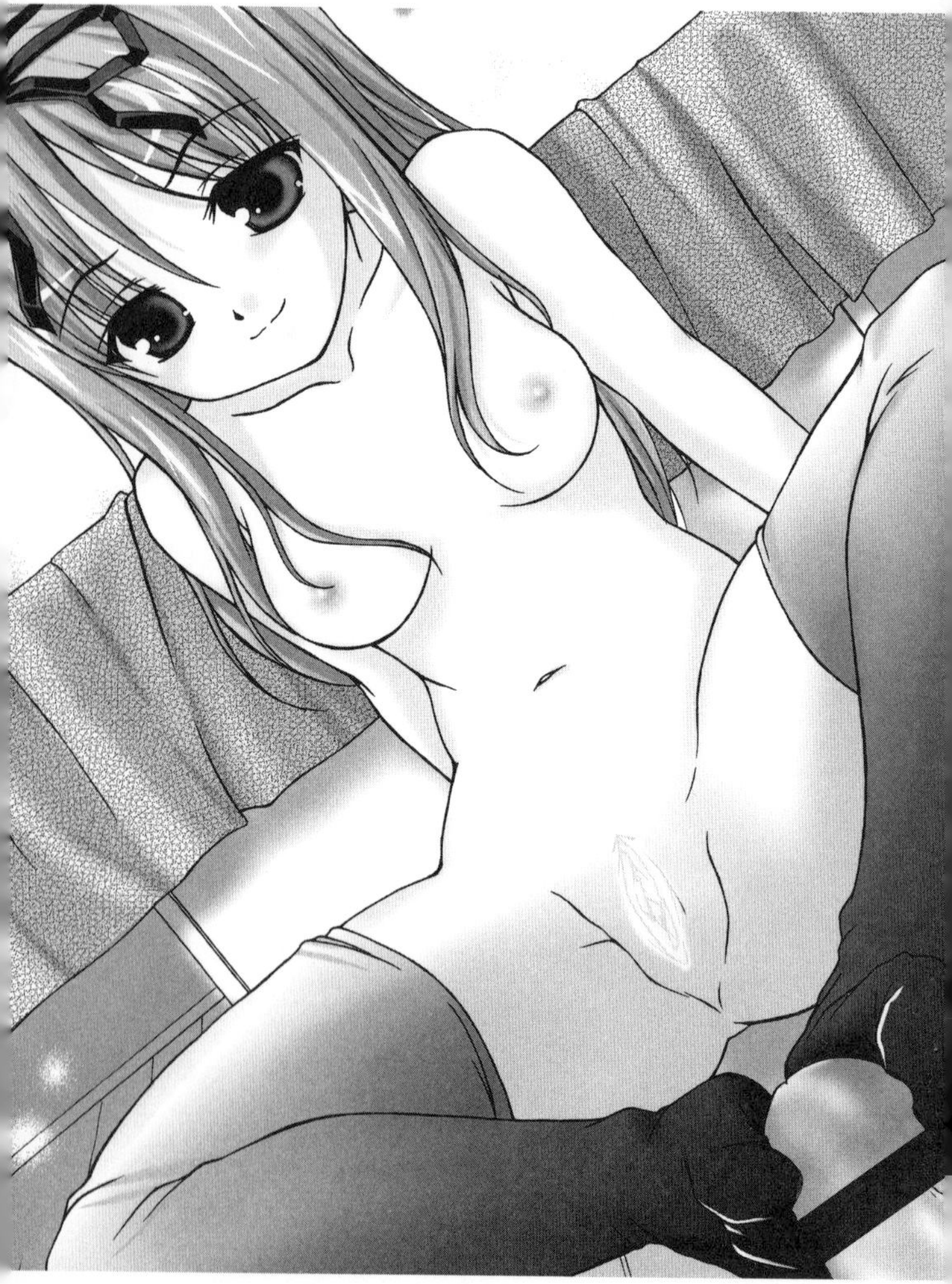

「え？　ああ、聞いてる聞いてる」
アリスは深々とため息をつきながら、もう一度ぱんっとゴムを引っ張った。
「くうっ」
「この音がいいんだ。もう、ホントに仕方のないお兄様っ」
さらに大サービスで、もう一度、ぱんっ。
「うぁっ」
「あーあ、もうアリスの足じゃ押さえられないぐらいおっきくなっちゃってる。こら、おとなしくしなさいってば」
ペットをなだめるような声で優しく語りかけるが、俺のペニスはどうやら反抗期。アリスの足の中でその身を怒張させ、腹につきそうな勢いで弓なりに反り返っている。
「うー。もう、ぜんぜん言うこと聞かないんだから」
「すいませんね、育ち盛りなもんで」
「まったく、親の顔が見てみたいですよ。……あっ」
「ぐわぁっ！」
つるん、とアリスの足がすべって、つま先が俺の陰嚢《いんのう》を直撃する。ふいに訪れた衝撃に、俺は股間《こかん》を押さえて悶絶《もんぜつ》した。
「やっぱりすべっちゃった……ごめんね、お兄様」

「う、うん……」
ううむ、ニーソックスの神様が怒って、俺に天罰を喰らわせたのか。涙目になるのを必死にこらえながら、俺はアリスを心配させないようにつくり笑顔を浮かべてみせた。
「じゃあ、いま蹴ったとこ、ぺろぺろして治してあげる」
「え……」
アリスはペニスをひょいと持ち上げてから、袋の表面をぺろぺろと舐め始めた。ぷるんぷるんと舌で玉を持ち上げられ、ぞわぞわとした感覚が腰から背中にかけて這い上がっていく。
「やばい……気持ち……いい」
「そなの？　じゃあもっとしてあげる」
今度は片方の玉をぱくっと口に含んだ。まるであめ玉を舐めるみたいに、コロコロと口の中で転がしていく。袋の表面は唾液の温泉に浸《つ》かってすっかり伸びきってしまい、のぼせたようにその身を紅潮させていた。
「んちゅ……ちゅぱっ……ちゅっ……」
片方を存分に舐めつくしてから、次はもう片方の玉へと唇が移動した。舌先でツンツンと感触を確かめたあと、同じようにはぐっと口の中に含んでちゅぱちゅぱと吸いついている。アリスの唾液によって保湿された玉袋はつやつやとした光沢を保ち、明らかに重いと

わかるくらいにたっぷりと精液を溜めてその存在を誇示していた。
「すごい……お兄様のここ、たっぷたぷだよ」
「あんまりいじると、出ちゃうから……」
「ふふっ。じゃあ出してもらっちゃおうかなっ」
自らの唾液で口の周りをべとべとにしたアリスは、そのまま袋から陰茎の裏筋へと舌を這わせた。ツツーっと舌が直線を辿《たど》り、じわじわと亀頭《きとう》に近づいていく。途中、アリスは上目遣いで俺の表情を確かめながら、わざと動きを鈍らせたりした。早くくわえてほしくて、先端からは続々と透明な汁が飛び出しているというのに。
「まったく、アリスはいつからそんなに意地悪な子になっちゃったんだ？」
「アリスが悪いんじゃないもん。お兄様がこういう子にしたの」
れろれろ、とカリ首を一周するように舌が通過した。髪の毛が邪魔にならないように耳にかけるしぐさが、またなんとも色っぽい。
赤みがかった瞳がぱちぱちとまばたきをするたびに、長いまつげが揺れた。その澄んだ目が一身に俺の亀頭を見つめている。普段はすましたり怒ったりしてばかりいるけど、こういう真面目な顔もカワイイんだよな……。
「あ、そうだ。ちょ、ちょっと待って」
大きく口を開けてほおばろうとしていたアリスが、不審げな顔をしてこちらを見上げた。

俺は素早くベッドサイドにあったチェストから、とあるアイテムを取り出す。
「……ん？　なに？」
俺は戸惑うアリスに、そのアイテムを装着した。……昔、たいして使い道もないのに衝動買いした伊達《だて》メガネ。ノンフレームのシンプルなヤツだ。
「……おお、思った通り、よく似合うよアリス！」
「なにこれ？　アリス、目悪くない」
ぺたぺたとメガネに触り、不思議そうに俺の顔を覗き込む。ついでに上だけ服を着させてみると……うむ、実にいい感じ。読書好きな優等生といった雰囲気《ふんいき》が見事に醸し出されている。
「いいじゃん。そのままつけててほしいな」
「……お兄様って、やっぱり変わってる」
メガネのフレームを持ち上げ、まさに優等生然とした口調でつぶやくアリス。この様子じゃ、まんざらでもなさそうだぞ。
アリスは再び口を開けて、ぱくっと亀頭を含んだ。
鈴割れの部分に小さな舌が差し込まれ、滲み出た汁を掻《か》き出すようにしてぺろぺろと舌を動かしている。口内の唾液はすぐに溜まり、じゅるじゅると嚥下するたびに先端が吸い込まれていく感覚がたまらなかった。陰茎に浮き出た血管がさらに青黒く太さを増し、い

ばらのように全体を網羅している。その模様を辿るように、アリスの小さな手がさわさわと幹の部分をさすり始め、お口のリズムと合わせて上下に動かしていく。
「んぷっ……メガネ邪魔っ……おちんちんにぶつかる」
「大丈夫大丈夫。そのまま……うぁっ」
なまあたたかい吐息がペニス全体を包み込んだ。その直後、熱い溶岩のような唾液がどろりと先端から流れ落ちていく。俺は手を伸ばして、服の上からアリスの乳房を揉《も》みしだいた。中心部に熱を持ったそのふくらみは、かすかに汗ばんで布地にぴったりと貼りついていた。俺はてのひらに収まりきらないそれを、丹念に揉みほぐすようにしてからぷにょぷにょと上下に弾ませてみる。
「くふ……んちゅ……あっ、んぁ、あぁ……」
「お口がおろそかになっているみたいですが」
「だって、お兄様がえっちな触り方するっ……」
アリスのお口から漏れた吐息で、メガネが薄く曇っていく。俺は優しく乳房を撫で上げてから、ちょっと強めに搾るような動きを加えてみた。
「んっ……！　やはぁっ……ん、だめ、あぅっ！」
アリスは愛撫に耐えながらも、再び舌先を伸ばして懸命《けんめい》に俺のペニスを舐め上げていた。
そのいやらしい口もととメガネのギャップが妙に背徳的に思えて、俺はついアリスの頭を

抱え、喉奥《のどおく》深くにペニスを押し込んでしまう。
「ぐぅっ……んっ……んぐっ、んぷっ！」
口内がきゅっとすぼまり、柔らかい粘膜がすべてを包んだ。ずちゅっ、ずちゅっと摩擦する音が聞こえ、俺は腰の動きを速めて迫り来る快楽の波に身を委《ゆだ》ねた。前後に揺する動作が激しくなるにつれ、アリスの口端からとろとろと唾《つば》が垂れ落ちてくる。苦しくて仕方ないといった表情で眉根《まゆね》を寄せているが、少しずつ漏れ出している精液を逃さんとばかりに、喉をこくこくと鳴らして受け止めているのだった。
「アリスっ……で、出るかも……！」
「んーっ！　んぷ、んぐっ、うっ……んんっ、ぷはぁ！」
がくがくと腰をグラインドさせながら予告するが、言い終わる前に俺は絶頂に達していた。
その瞬間、いよいよ苦しくなったのであろうアリスは、ずるりと口からペニスを引き出した。放出を続ける精液はアリスの口の中のみならず、顔面にまで飛び散ってしまった。
「けほっ、けほっ……くはぁっ……！」
メガネのレンズが突然真っ白になり、驚いたようにアリスは背後に倒れ込んだ。そしてメガネを取り外し、白く飛び散った液体を大急ぎで舐め取る。
「もう、お兄様ったら強引なんだから。またこんなにいっぱい出してるし」
「だって……アリスのお口がいやらしいからさ」

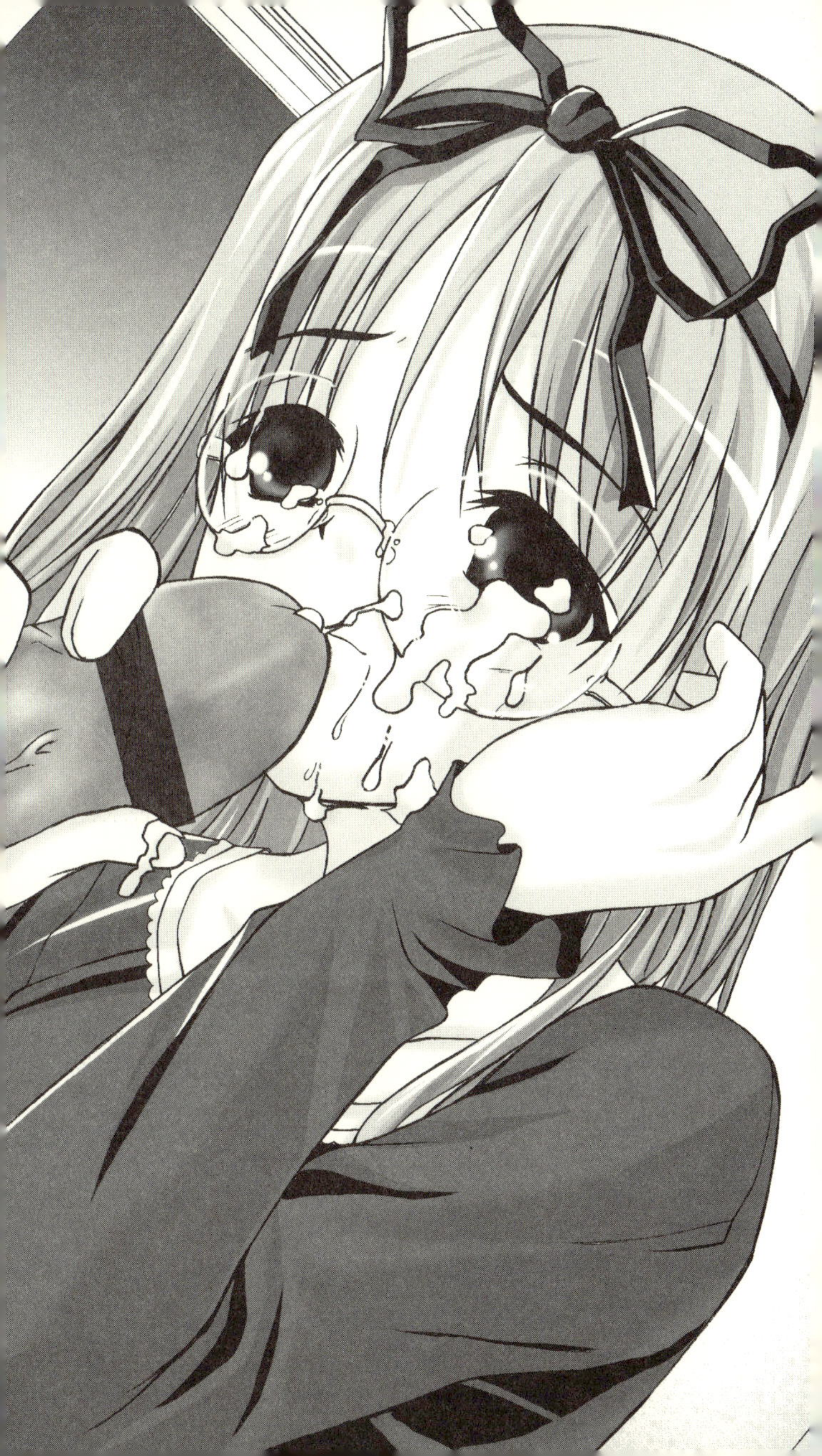

いまだびくびくと痙攣《けいれん》しているペニスを隠しながら、俺は口ごもる。
「それって、アリスがおしゃぶり上手になったってこと？」
「……まあ、そういうことだね」
ははは、と俺が苦笑すると、アリスはにっこりと笑ってメガネをぺろりと舐めた。前髪に飛び散った精液がつららのように垂れていたのも、ひょいっと器用に指ですくい取る。
「いただきま～すっ」
「はい、召し上がれ……」
幸せそうな表情で食事を始めるアリス。つか、さっきケーキ三つたいらげてたような気がするんだけどなあ……。
女の子がよく言う、「別腹」ってヤツなのだろうか？　なんてことを思いながら、俺は気を失うようにしてベッドに倒れ込んだ。

第三章　永遠の記憶

――確かに、自意識過剰って言われればそれまでの話。
特に最近、なにかと女の子と話す機会も増えたりして、俺《おれ》としたことが少々天狗《てんぐ》になっているのかもしれない。別に自分がモテてるなんて錯覚してるわけじゃないぞ。わけじゃないんだけど……どうもここ数日、常に誰《だれ》かに見られているような気がしてならないのだ。
いや、ホントに、調子に乗っているわけじゃないから。神に誓ってもいい。
部屋にいるときもそうだし、買い物に行くときも。ゴミ出しするときだって。
やっぱり誰かに見られているような気がするんだよなぁ。それも、あたたかいまなざしで見守られているって感じじゃなくて……どちらかというと、監視されてるみたいな？
それも、思いっきり敵意を持たれているような鋭い視線で。

「……別に？　アリス、そういうのよくわからない」
てくてくと歩きながら、アリスはいつものようにそっけない態度で答えた。
「だよなぁ。アリスが出かけることなんてめったにないし、ピンとこないかもしれないな」
「うん。お兄様がイジワルして、アリスとデートしてくれないから」
「い、イジワルなんかしてないだろ。こうやって一緒に出かけてるじゃないか」
「近所にお買い物行くのがデートなの？」

ぐっ……それを言われるとつらい。しかし、いまの俺にはアリスと遠出して遊べるほどの経済力というものがないのだ。
——俺とアリスは、近所の商店街へ食材を買いに出かけていた。
いつまでも家に閉じこもっているのも退屈だろうし、未育ちゃんや隣の水無瀬さんにもバレちゃってるし、よくよく考えたら、別に近所の目を気にする必要なんてないんだもんな。……と思い始めたのは、つい最近のことで。
少しでも息抜きになればとアリスを連れ出したのだが、本当は少し気がかりだったのだ。
さっきマンションの掲示板を覗《のぞ》いたら、「不審人物にご注意！」なんて貼《は》り紙《がみ》がしてあったし、アリスに心配かけさせたくないという気持ちもあって。
……だが、俺の杞憂《きゆう》だったみたいだな。おそらく俺より勘が鋭いであろうアリスが、とくに不審な気配を察知していないというのなら。
「でも、アリスはいいの。お兄様とこうやって一緒に歩けるだけで幸せなの」
「アリス……」
俺はうるうるとした瞳《ひとみ》でアリスを見つめた。まさか彼女の口から、そんな健気《けなげ》なセリフが聞けるとは思わなかった……。
「でね、お兄様が駅前のケーキ屋さんで、チーズケーキを買ってくれたらもっと幸せなの」
「……結局それか」

にひひ、と笑いながら、アリスはステップを踏むように俺の前を歩いた。なんだかんだ言って、たとえ近所だとしても外出するのは楽しいらしい。
「あれー、お兄ちゃんだ！」
ふいに、後ろから元気な声が近づいてきた。
俺をお兄ちゃんと呼ぶ人物は、世の中にひとりしかいない。振り返って、改めてその姿を確認する。
「こんにちは、未育ちゃん」
子鹿のように細い足で、一生懸命《いっしょうけんめい》に俺のもとへと駆け寄ってくる未育ちゃん。はぁはぁ、と息を切らせながら到着。そしてその背後には……意外な人物が立っていた。
「……こんにちは」
うぉ！　水無瀬さんだ！
「むぅ？」
アリスが不信感をまるだしにして、俺の腕にぴったりと寄り添った。……この子に愛想笑いを求めても不毛なだけだよな。
「あれ～、お兄ちゃんとお姉ちゃん、でぇと？」
「うん！」
未育ちゃんの問いかけに、力いっぱいうなずくアリス。

「いやいや、違うんだ。ちょっと駅前に買い物行こうとして」
別に言い訳する必要もないのに、なんとなく否定してしまうのは男のサガというやつなのか。隣ではアリスが、さらにむっとした顔で俺の腕をつねっている。痛い痛い痛い。
「未育たちも買い物に行くトコだったんだよね～？　綾乃お姉ちゃん！」
「え、ええ……」
ためらいがちに、水無瀬さんは返事をした。……なんか、すっごい居心地悪そうな顔だなあ。俺以上に人見知りする性格なのかも。
「じゃあさ、旅は道連れ世は情けってことで、一緒に行こうよ！　大勢のほうが楽しいしね～！」
「いや、あの、でも……」
未育ちゃんの背後で、水無瀬さんの表情がどんどん暗くなっていくのがわかる。そりゃそうだよな、隣人だからといってもほとんど面識もないし、愛想の悪い外国人まで一緒だもんな。俺が逆の立場だったら、速攻で素通りすると思う。
「アリスお姉ちゃん、未育がガイドしてあげる！　知る人ぞ知る、おいしいチーズケーキ屋さん知ってるんだよ」
「……チーズケーキ？」
とたんにアリスの表情がほろっと崩れた。おいおい、食べ物につられるかね！　……ま、

いいけど。
未育ちゃんはアリスの腕を引きながら、まるで観光客でも相手にするような調子でこの街の解説を始めた。アリスも最初はタジタジといった感じだったが、やがて観光ガイドに引き込まれるようにして楽しそうに説明を聞いている。
「……あの、よかったんですか？」
「え？」
おずおずと、水無瀬さんが背後から声をかけてきた。なんだかものすごく申し訳なさそうな顔をしている。
「アリスちゃん……でしたよね。本当は、庄司さんとふたりっきりがよかったんじゃないでしょうか」
庄司さん、と名前を呼ばれて、なぜか心臓がドキッと反応した。いちおう、俺の名前を覚えててくれてるんだな……まあ隣だから当たり前かもだけど。
「いやあ、別にいいんだよ。ホントにただ買い物に行くだけだったし。……ところで、水無瀬さんはよく未育ちゃんと出かけたりするの？」
そう尋ねると、彼女はこくりと小さくうなずいた。
「はい……未育ちゃん、よく私《わたし》を外に連れ出してくれるんです。私、人づき合いもろくにできなくて、一緒にいても退屈だろうと思うんですけど……」

彼女の表情がどんどん暗くなる。
キレイな子なのになあ、と俺は思うのだ。もちろん見た目がいいからって本人の自信に繋《つな》がるとは限らないけど、なにが彼女を後ろ向きにさせているのか、その心の内を探ってみたい気もした。もちろん、本人にずけずけと直接聞くわけにはいかないけど。
「俺も……決して人づき合いが得意なほうじゃないから、しょっちゅう自分に自信をなくしてるよ。もしかしたら、自分のせいで一緒にいる人が退屈な思いをしているんじゃないかって」
「え……庄司さん……も？」
意外そうな顔で、水無瀬さんはぱっと顔を上げた。
「うん。これってもともとの性格だから、深く悩んでも仕方ないって思ってる。でもさ、誰かひとりでも自分を慕ってくれる人がいるって思うと、勇気づけられたりしない？　それが友達でも、恋人でも、家族でも……マンションの大家の娘でもさ」
水無瀬さんは無言のまま、俺の目をじっと見つめ返した。
……俺、そうとう偉そうなことほざいてるかも。プチ引きこもりの旗手であるこの俺に、こんなこと言われても、いまいち説得力ないよな。
「ごめん……うまく説明できないや」
「いえ、庄司さんのおっしゃることは、とてもよくわかります。私、最近いろいろあって

……ずっと自分に自信をなくしていたものだから。……庄司さんのおかげで、少し楽になりました」
「え？　ほ、ホント？」
思わぬ返事を受けて、俺は少なからず驚いた。
「はい。……でも、羨《うらや》ましいです。庄司さんにとっての勇気のもとは、アリスちゃんなんですよね」
「えっ」
水無瀬さんは、ためらいがちにアリスへと視線を送った。未育ちゃんと一緒に、きゃぴきゃぴとはしゃぎながらケーキ屋のショーウィンドーを覗く好奇心いっぱいの瞳。いまごろ心の中では、俺になにをねだろうか思案しているに違いない。
この広い世界の中で、唯一自分を慕ってくれている人……そう考えると、まっさきに浮かぶのがアリスの顔なのだった。悔しいことに。
「本当に羨ましい……私もアリスちゃんのように……」
言いかけて、彼女は再びうつむいた。
その言葉がなにを意味しているのかわからなかったが、俺も深く言及するのはやめて、ゆっくりと彼女の歩調に合わせた。休日ということもあってか、商店街はにぎわっていて、どこからともなく弾き語りの声が聞こえてきた。最近駅前によく出没する、アマチュアの

ギターマン。クレープ片手にたむろする女の子たち。狭い通りを自転車で駆け抜けていく、塾通いの小学生。
「あの、水無瀬さん」
「……綾乃でいいです。未育ちゃんもそう呼んでくれてますし」
彼女はそう言って、やわらかな笑みを俺に投げかけた。初めて見る笑顔だった。
「じゃあ、遠慮なく綾乃ちゃんって呼ばせてもらうよ。……えーと、今日は夕飯の買い物に来たの？」
「はい、今晩は肉じゃがにしようと思って……」
そのとき、ふと綾乃ちゃんが、前にかがむような姿勢を取った。俺はのんきに、落とし物でも拾ったのかと思っていたのだが……どうも様子がおかしい。
「綾乃ちゃん？　……綾乃ちゃん、大丈夫⁉」
彼女はそのまま座り込み、頭を抱えたまま動かない。額に汗を浮かべ、ひどく苦しそうな表情をしている。
「綾乃お姉ちゃん、どうしたの⁉」
彼女の異変に気づいた未育ちゃんとアリスが、ぱたぱたと駆け寄ってきた。
綾乃ちゃんはしばらくそのままじっとしていたが、やがてゆっくりと立ち上がり、取り出したハンカチで額の汗を拭《ぬぐ》う。顔色が真っ青だった。

「……ごめんなさい、なんでもないんです」
「なんでもないって、むちゃくちゃ具合悪そうだよ？」
「本当に、大丈夫です。もともと頭痛持ちで……」
ゆらり、と歩き出す。その足取りは不安定で、とてもじゃないけど正常であるとは思えなかった。
「綾乃ちゃん……」
「……すみません、やっぱり今日は帰ります。庄司さんたちは、そのまま買い物を続けてください」
そう言って、綾乃ちゃんは軽く会釈をすると、来た道をとぼとぼと歩き出した。
「あの、ちょっと」
「……未育が送っていくから、お兄ちゃんたちは買い物に行っていいよ。ちゃんとアリスお姉ちゃんにケーキ買ってあげてね！　それじゃ！」
「え、未育ちゃ……」
俺がそのあとを追おうとすると、ぎゅっと腕を掴《つか》まれた。振り向くと、神妙な顔をしたアリスがじっと俺の顔を見つめている。
「行こ、お兄様」
「でも、綾乃ちゃんが心配だし」

そう答えると、アリスは無言で腕を掴む力を強めた。オマケにぎゅむっとひねり上げられて、俺は声にならない悲鳴をあげる。
「未育がいるから心配いらない。でしょ？」
「は、はい……」
にっこりと微笑《ほほえ》むアリス。逆にその笑顔が怖《こわ》くて、俺は後ろ髪を引かれながらも商店街へと向かった。
……うわ、やばい。絶対怒ってるよ。空気が違うもん。
アリスは貼りついた笑顔のまま、ケーキ屋の前に立った。そしてショーケースを指さし、俺に無言の圧力を加えている。
……その後、俺が大量のケーキ購入を余儀なくされたことは、言うまでもない。

「……アリス、実は前からお兄様のこと知ってた」
フォークでケーキをもてあそびながら、ふいにアリスはぼそっとつぶやいた。
買い物から帰ってきたあとのことだ。結局、ケーキを買っただけで帰宅した俺たちは、言葉少なげにテーブルについた。大好きなチーズケーキを前にしても、アリスの表情は浮かないままだった。

「えっ？　前にどっかで会ったことあるっけ？」
「ううん。そうじゃないけど……お兄様のことは知ってたの。祥子《しょうこ》おばさまが、吸血鬼調査のためにうちのお城にやってきたときから……」
祥子おばさま、というのは俺の母親だ。しばらく音沙汰《おとさた》がないと思ったら、吸血鬼にまで手を広げていたとはな！　いったいどんな研究だっていうんだ。
「おばさま、お兄様の写真をいつもいつも大切そうに持ち歩いてた。お兄様についての話もいっぱい聞いたよ？　すごく優《やさ》しい人だとか、寂しがりやだとか、むっつりスケベだとか」
「最後が余計だよ」
「でね、おばさま……いつもバルコニーで月を見上げながら、お兄様の写真を眺めてた。アリスも見せてもらったんだ。それでアリス、ひと目で……」
「ひ、ひと目で……？」
「下僕にしたいって思った」
……ずどーん。
この吸血娘は、予定調和という言葉を知らないのか。そこに甘酸っぱい思いというものはないのか⁉
「祥子おばさまに、『お兄様を下僕にしたい』って言ったら、『超ＯＫ！』ってこう親指立

てて」
「……」
いいんだ、別に。昔から俺に人権なんてなかったもんな。
「それでアリス、ワガママ言ってここに送ってもらったの。おばさま、『息子をよろしく、寂しがってると思うから仲良くしてやってね』って言ってた。アリス、望むところだって思った。だから、できるだけそうしてきたつもりだけど……」
アリスは席を立ち、俺の隣に座り直してぴったりと寄り添った。全体重をかけているにもかかわらず、アリスの体はとても軽くて、ごく普通の女の子なんだということを実感させられる。
「アリス、お兄様とずっとこのままでいたい」
毅然《きぜん》とした口調で言いきった。
「なんだよ、急に」
らしくないアリスの様子に、俺はどぎまぎしながら答えた。こんなに真剣な彼女を見るのは初めてだったからだ。
「誰にも邪魔されたくない。もう寂しいのはイヤ。このままお兄様と、ずっとこの部屋で暮らすの」
むぎゅっ。

テコでも動かないんじゃないかってぐらい、アリスは強く俺の腕にしがみついた。下僕にしたいなんて言っておきながら、まるで親に見放された子供みたいに不安げな表情。そのアンバランスさが、アリスという少女の実体を不確かなものにさせていた。

普段は虚勢を張っているぶん、本当は人一倍寂しがりやなのかもしれない。それをうまく表現できなくて、自分がコントロールできなくなる。そういった経験は、俺自身にもあった。

「ずっとこの部屋で暮らすって……なあ」

「ダメなの？　それとも、お兄様はアリスより綾乃のほうがいいの？」

「なんでそうなる！」

「綾乃はね、アリスみたいにお兄様のおちんちん舐《な》めてくれないんだから。お兄様にとってどっちを選んだほうが得かってこと、もっと考えたほうがいいよ」

アリスは怒ったように言ってから、俺の股間《こかん》をもぞもぞと触り始めた。

結局、すべての不機嫌《ふきげん》の原因は綾乃ちゃんの存在に起因しているらしい。あの子となにかあったならともかく、まだ手も握ってないうちから疑われてもなあ。

「俺と綾乃ちゃんは、別になにも……うわっ、やめっ……ぅうっ」

アリスはいつのまにか俺のパンツからペニスを抜き取り、ふにふにと上下にさすっていた。手についた生クリームのせいで、異様にぬるぬるとした感触が俺を襲う。

「こらっ、お行儀が悪いぞ……」

「こういうことしてくれるの、アリスだけ。そうでしょお兄様」

クリームが体温で溶け、さらに滑りがよくなっていく。脂っぽくなったペニスはぐんぐんと大きさを増して、ぬらぬらと光り輝いていた。

「わかったから、やめっ……ちょっとっ……」

「むー、暴れちゃダメっ」

「牙《きば》出てる、牙！」

ぱかっと開けた口の中で牙がキラリと光ったような気がして、俺は思わず腰を引いた。

「い、いま噛《か》みつこうとしなかった⁉」

「しないっ。でも、お腹空《なかす》いた」

「……」

危ないなあ……。

ていうか、いまケーキ食べたばっかりなのに！　どんだけ栄養摂《と》れば気がすむんだろうね、この吸血娘は。

「……君は、俺のことを精液製造マシンとしか思ってないんじゃないのかね」

俺が皮肉っぽくそう言うと、アリスはほんの少し悲しそうな顔をしてうつむいた。

あれ？　俺、ちょっと言いすぎた？

「そんなことない……たぶん」
「どっちだよ！」
「だって、お兄様の精液がないとアリスが困るのは確かだし。でも、お兄様も気持ちいいんでしょ？」
「そりゃ、まあ……」
いまさら隠し立てしても仕方ない。アリスの食事のためとはいえ、俺だってじゅうぶんに楽しんでいるのは確かだ。さらにいえば、もっともっといろんなことをして楽しもうと企《たくら》んでいる。そういった努力は惜しまないタチなのだ。
現に、いまだって……。
「お兄様が気持ちいいとね、アリスも気持ちいいんだよ」
「アリス……」
俺の胸にもたれかかってくるアリスを、そっと抱き締めた。……イケる。いまなら言える。俺が抱いていた野望を、いまなら実行できる！
「じゃあさ……俺がもっと気持ちよくなるために、ひとつお願いしていい？」
ごくりと唾《つば》を飲み込みながら、俺は思いきって打ち明ける決心をした。
するとアリスが俺の腕からスッと離れる。
「……それって、えっちなこと？」

「いや、そうでもない」
「ホントに～？　お兄様、顔がニヤけてる」
「バカを言うな。これはもともとだ」
俺は椅子《いす》から立ち上がって、アリスにビシッと指さした。
「いいか、ちょっとだけ待っててくれ。すぐに戻る」
「え？　お兄様、どこに行くの？」
「一分だけ待っててくれ。いいなアリス！」
そう言い放ってから、俺はスタタターとクローゼットに向かった。すまんなアリス、こんなふしだらなお兄様を許してくれ。しかし男たるもの、自らの夢を叶《かな》えるためには手段を選ばないのだよ！

「……恥ずかしいよ、お兄様」
もじもじしながら、アリスは胸元を一生懸命に隠そうとしている。しかし、ぱつんぱつんの小さな布きれでは乳房の全部を隠すことはできず、どう工夫しても柔肉は収まろうとしなかった。
「裸よりは恥ずかしくないだろ。似合うし、いいじゃん」

「まだ裸のほうがいい……水着なんて、あんまり着たことない……」
スクール水着を着たアリスは、顔を真っ赤にして俺の視線に耐えていた。
俺の野望。それはアリスにスクール水着を着せること。どこでこんなマニアックなアイテムを入手したかは聞かないでくれ。足がつくとマズイからな。
サイズが少々小さすぎたのも、嬉《うれ》しい誤算だった。胸はきゅうきゅうで押しつぶされてしまっているし、アソコの縦筋にもくっきりと食い込んでいるし、アリスのいやらしい身体《からだ》つきを強調させるにはぴったりの衣装だといっていい。
「どれ」
まずは手始めに、ばちんと水着の肩ひもを引っ張ってみる。
「やぁっ！」
胸元を押さえ、アリスは小さくうめいた。
「どうしたの？」
「む、胸が……布地にこすれて……」
「こすれて？」
さらにもう一度、ばちんと引っ張る俺。
「ひゃんっ！　……か、感じちゃう！」
乳房を押さえながら、アリスは身体をよじった。紺色の布に包まれた乳房は大きく張り、

もはやほとんど水着からはみだしてしまっている。乳首のかたちはもちろん、おへそのくぼみまでもくっきりと浮かび上がっているのが、なんとも淫靡《いんび》だった。
さて、まずはあれをやってみるか。
「……お兄様、どこへ行くの？」
不安げなアリスを置いて、俺はキッチンに向かった。そして冷凍庫から氷を取り出してみる。
「スクール水着って、おへその下にスリットがあるよな。これってなんでだろ」
「え……」
キッチンから戻った俺は、アリスの横にしゃがみ込み、そのスリットに指を引っかけてお腹の中に氷を滑り込ませた。
「きゃっ！　やだ、冷たいっ！」
「そりゃまあ、氷だしなあ」
「そうじゃなくて〜！」
どうすることもできず、じたばたと身体をひねらせている。動けば動くほど氷はお腹の上で移動し、紺色の布地にたちまち大きな染みが広がっていった。
俺は氷を指で動かし、股間のほうへとじわじわ寄せてみる。アリスは腰をひねってそれを阻止するので、自然と水着がずり上がり、ますます陰部に食い込んでしまうのだった。

「やぁ〜っ！　おまんこが冷たいでしょ、お兄様〜！」
「それより、ビラビラが見えそうだよ。どんどん食い込んでいってる」
「ひゃぁっ、み、見ちゃダメ〜！」
そうは言っても、陰部を隠しているのはほぼ紐《ひも》一本といった状態で、まるでＴバックのパンティを穿《は》いているかのようにお尻《しり》の肉も割れている。柔らかい肉の間でかろうじて隠されていた蜜壺《みつつぼ》から、とろとろと水っぽいものが溢《あふ》れ出してきた。氷水に愛液が混ざっているのか、ほんのり酸っぱいような匂《にお》いが鼻につく。
「アリスのあそこが熱いから、氷が溶けてきちゃった」
「あんっ、だって、お兄様が動かすからっ」
水着の脇《わき》から、冷えた愛液がどんどん流れだしてきた。俺は残った氷をクリトリスまで移動させ、くりくりと押しつけるようにして指を回転させてみる。
「やっ……あぁ、クリトリス、凍っちゃうっ……！」
内股《うちまた》がヒクヒクと震え、どんどんおつゆが溢れ出してきた。アリスの全身は汗にまみれ、それこそプール上がりのように水滴をしたたらせている。中でも一番したたっている部分であるあそこの真ん中を指でぎゅっと押し込んでみると、なまあたたかい液体がドピュッと流れ落ちてきた。
「あぁんっ！」

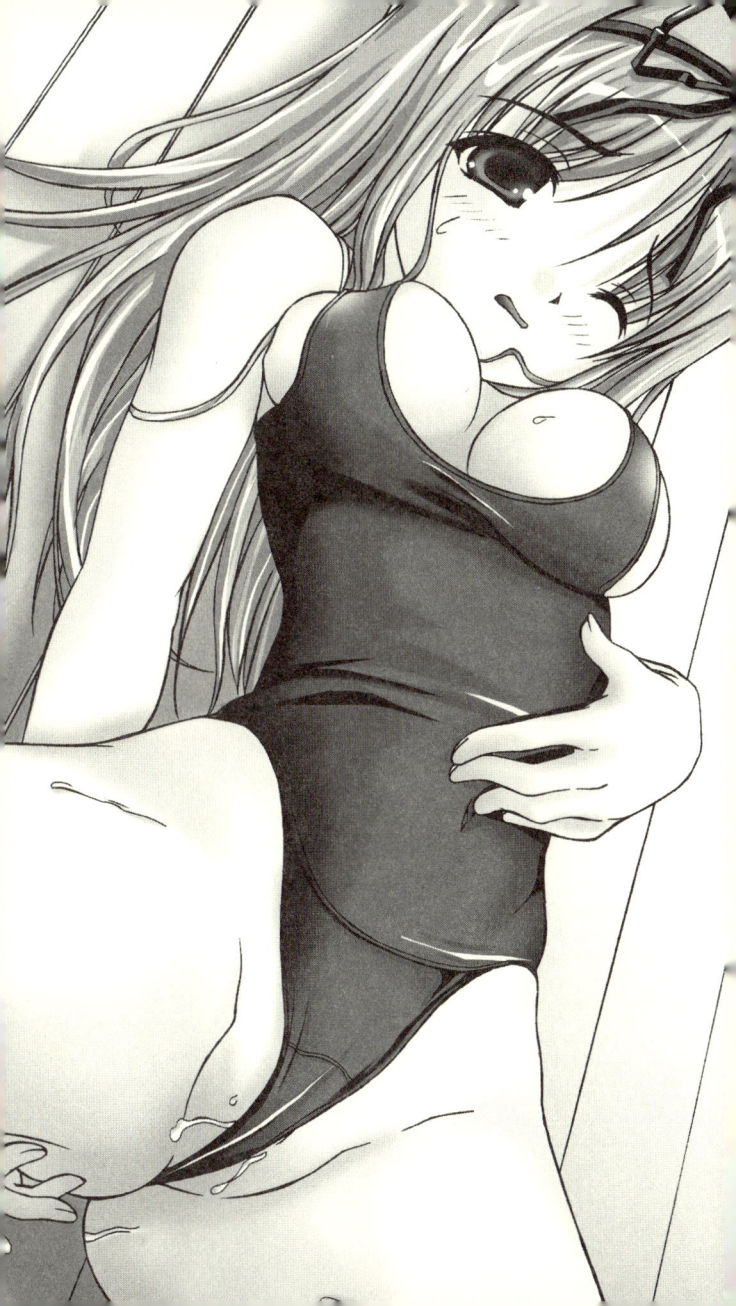

「ここ、こすってあげればあったかいよね？」
「やぁん、お兄様いじわるっ……今日はとってもいじわるっ！」
人差し指と中指を縦筋に添えて小刻みに動かすと、クチュクチュという音と共にさらに熱い泉がどんどん湧《わ》き出てくる。食い込みによって両脇にぷっくりと膨れた柔肉はぷるぷるとわななき、俺の指を包むようにしてめりこんできた。
「まだ氷残ってるぅっ！　冷たいよぉ！」
「それにしては、ここ熱いけど」
さらに激しく、指を上下にこすってみる。氷の刺激で敏感になったクリトリスが、先端をコリコリに尖《とが》らせて股間の布地を押し上げていた。俺はその匂いを嗅《か》ぐようにして、触れるか触れないかの距離まで鼻を近づけてみた。
「やっ、お兄様、ヘンなとこクンクンしたらだめっ！」
「なんで？　お汁がいっぱい出ちゃってるから？」
「ち、違うもん……お汁なんか出てな……うくぅっ！」
恥丘にかぶさっている布地をくいっと引っ張り、さらに深く割れ目に食い込ませると、アリスは切ない声をあげながら硬く身をこわばらせた。もはや裂けんばかりにめり込んだ陰部からは、スモモ色に充血しきった粘膜までもがめくれ上がってしまっている。
「冷たいっ……冷たいよぉ、お兄様っ！」

ふるふると首を振りながら、太ももを痙攣《けいれん》させているアリス。足の指も反り返り、そろそろ限界にきているようだ。
「出してほしい？」
「出してっ……あぁっ……で、でもあんまり触っちゃだめっ！」
「触らなきゃ出せないだろ」
「だめなのっ、お願いっ、あん、ひゃっ……あはぁっ！」
　水着の脇から指を差し入れると、布地によって蓋《ふた》をされていた愛液が中からドロっと這《は》い出てきた。その中からほぼ溶けきった氷を掻《か》きだしてやり、冷えたクリトリスをあたためるようにして指で撫《な》でる。茹《ゆ》で大豆のようだったそれは、弛緩《しかん》するどころかますます硬さを増して、はち切れんばかりに膨れあがっていた。
「ごめん、冷たかったよな。今度はちゃんとあったためてあげるから」
「うぅ……だめぇっ！」
「え？」
「いま触っちゃだめぇっ、出ちゃう、出ちゃ……あ、あぁんぁああっ！」
　突然、指に熱いなにかを感じた。氷で冷えきった指をあたためるかのように、おびただしい液体が噴出する。
「やぁっ……！」

アリスは真っ赤に染まった顔を両手で隠した。かすかに漂うアンモニア臭《しゅう》……って、ま、まさかこれ……。
「アリス……？」
「うぅ、が、我慢してたのにぃ……お兄様がお腹冷やすからっ……」
「すごい……ここ、ぶるぶるしてる……いっぱい出るんだね」
まだちょろちょろとおしっこを放出し続ける尿道口に指で触れてみる。粘膜が熱く震え、それに呼応して陰核もピクピクと痙攣していた。
「お兄様、手離してっ」
涙目になったアリスは、必死に脚を閉じて俺の手を拒もうとしている。
「大丈夫、俺がキレイに拭《ふ》いてあげるから」
「ぐすっ……お兄様の変態……」
憎まれ口を叩《たた》くアリスを起きあがらせ、優しく髪を撫でてやる。それから水着を脱がして、近くにあったティッシュで陰部や太ももを丁寧に拭いた。アリスはおもらししてしまったバツの悪さで、すべてを俺に委《ゆだ》ねている。
「うぅ……お腹冷えたから服着るぅ」
いそいそとパンティを穿き始めるアリス。あーあ、まだちゃんと拭いていないからパンティまで濡《ぬ》れてしまった。

さてさて。床はフローリングだから拭けばいいとして。
問題のアリスは、どうやってキレイにしてあげようか……？

「やぁ〜、なんかヘン〜〜〜！」
「ほら、動くんじゃありません！　せっかくキレイに洗ってあげようとしてるんだから！」
「なんかぬるぬるしてヘンだよぉ〜っ。ますますびしょ濡れになっちゃう！」
俺は嫌がるアリスを背後から抱き締め……体中にローションを塗りまくっていた。パンティとニーソックスだけを身につけさせ、髪の毛や床が濡れるのもおかまいなしに、たっぷりと素肌に塗り込んでいく。
「おしっこしたんだから、ちゃんと汚れを流さないとね」
「え〜、なんか違う〜！」
全身をてらてらと光らせながら、アリスは気持ち悪そうに顔をしかめた。ねっとりとした冷たいローションが透明の洋服となっておっぱいやパンティを包み、たらたらと粘りのある糸を垂らしている。特に乳首の上にはたっぷりとローションを塗り込み、そのぬらぬらとした独特の感触を楽しむことにした。
「どう？　けっこう気持ちいいだろ」

「うぅ～、なんかタコが乳首触ってるみたい～」
……それは新解釈だな。確かに海の生き物同士が戯れ合っているような気がしないでもない。
「ほ～ら、タコがアリスの乳首をぴとぴと触ってるぞ」
「ヘンなこと言っちゃやだっ」
タコの動きがどういうのかよくわからないが、俺は人差し指と中指で乳首を挟むようにねとねとといじくってみる。するとアリスはぶるるるっと震えて、背中を弓なりに反らした。
「……もしかして、タコに触られてるとこ想像してる？」
「だから想像させたらイヤなのぉ～！　もうっ！」
不機嫌そうな表情をしているが、乳首はビンビンに硬くなっている。気のせいか、さっきよりも乳房が上向きに張っているような感じもするぞ。
俺はたわわに膨らんだふたつの乳房を、背後から両手でわし掴んだ。みずみずしい果物が俺の手の中でぷるぷると弾み、指の隙間《すきま》から透明な果汁を漏らしている。揉《も》みしだけば揉みしだくほど乳房は逃げ惑い、潰《つぶ》れ、またもとのかたちに戻って、それこそ肉厚のクラゲのように俺の手の中をさまよっていた。
「うー、気持ち悪い～！」

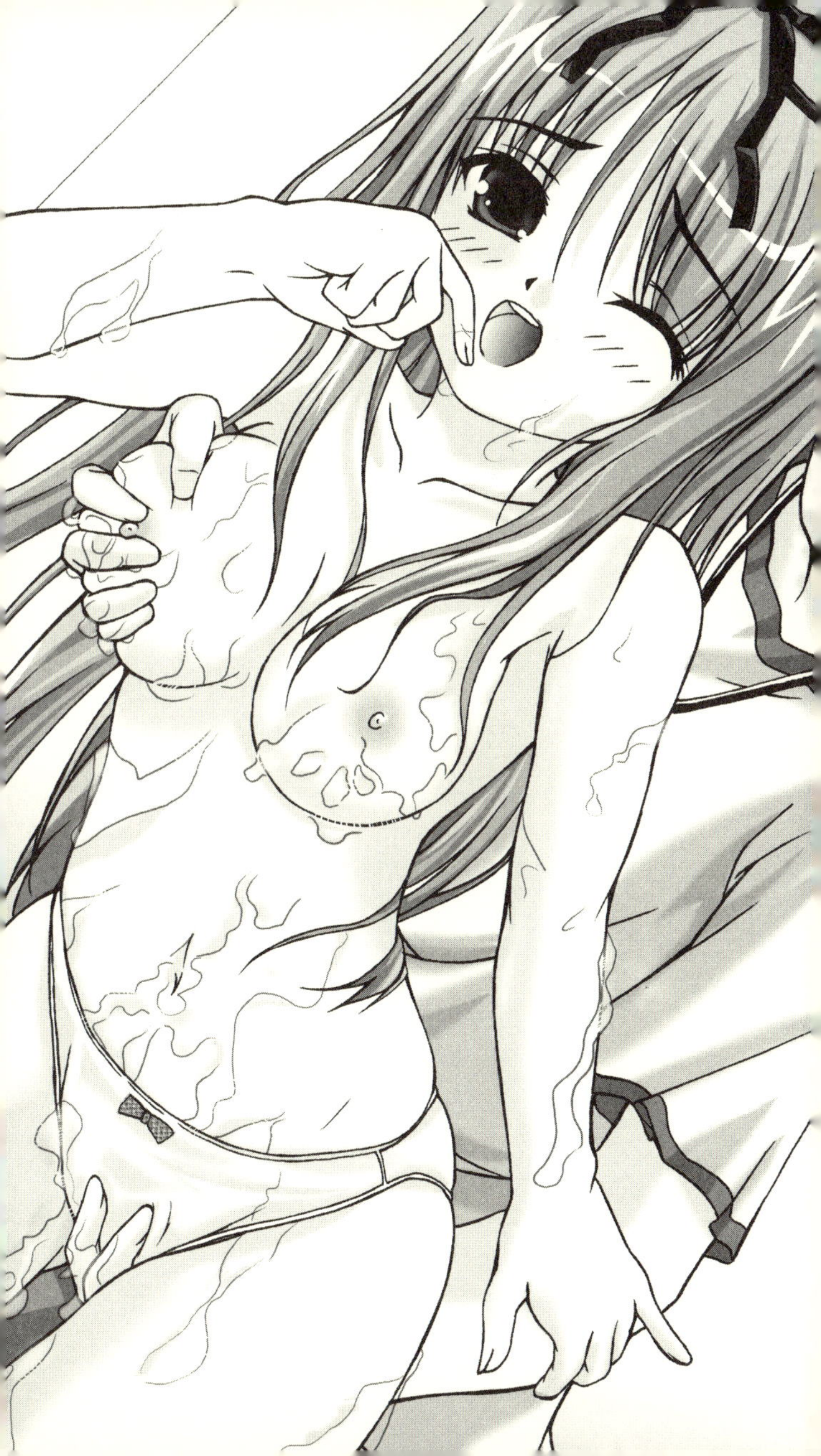

「ホントに?」
片手をそっと下ろし、パンティの上から陰部に指を滑り込ませてみる。
「あんっ!」
下着はたっぷりと水分を含んで重さを増していた。それはローションだけの水気ではないらしく……。
「ほら、アリスのあったかいおツユが溢れてるじゃないか」
「ち、違うもん……!」
くちゅくちゅ、と音を立たせながら陰部の中心部を指でまさぐると、布地に漉《こ》されてきめ細かくなった愛液が糸を引きながら垂れ落ちてきた。たちまち内股からニーソックスを伝って床に流れていく。
「こんなに濡れていると、クリトリスのかたちまではっきりわかるよ」
「ほ……ホント?」
「ホント。ほら」
俺はパンティの上から的確にクリトリスをつまみ上げた。ぷっくりとしたつぼみを急に探し当てられ、周囲をかこっていた肉ヒダが緊張したようにきゅっとすぼまる。
「あぅ……んっ……やはぁっ……」
度重なる刺激に立っていられないのか、アリスはガクンと膝《ひざ》を落とした。俺は滑らない

ように注意しながら、背後から抱えるようにしてベッドに連れていく。
蛍光灯《けいこうとう》の光を反射して、ぬらりと輝くアリスの身体はなんともなまめかしい。ツンと高く突き上げたお尻は、高級な水菓子のように上品なツヤを放ち、俺の目の前で淫靡に揺れていた。ローションと愛液にまみれたパンティの奥からは、豊潤な肉の割れ目がうっすらと透けて覗いている。
「アリス、もっとお尻を高く上げてごらん」
「む、ムリ……身体が震えて……」
四つん這いになるのもやっとという感じで、四肢を小刻みに震わせているアリス。肌にうっすらと鳥肌が立っている。ローションの塗りすぎで身体が冷えてしまったのかもしれない。
「寒い？」
「……うん。お腹が冷えてきた～」
「またここで漏らしてもいいけど」
ドゴッ！
……アリスの投げたムーアが、俺の顔を直撃する。あんまり調子に乗りすぎるとこういう痛い目に遭うのだ。
「ごめんごめん……じゃあ、上着ていいからさ。ほら、こう、お尻を」

「やぁ～んっ、お兄様の手ぬるぬるしてる～っ！」
嫌がるアリスの腰を抱きかかえ、俺の目の前に突き出させるようにしっかりと固定した。こうすると、お尻の割れ目の肉がヒクヒクと動いているのもばっちりと確認できる。
「お兄様、どこ見てるのっ。そこ、汚い～っ」
「汚くないよ。ピンク色のお肉がキレイだもん」
「ん～～もうっ」
呆《あき》れたようにため息をつくアリスを横目に、俺はパンティの脇からそっと指を差し入れた。柔らかいお尻の真ん中には、こわばったしこりが俺の侵入を阻止するように固く門を閉ざしている。
「あぁっ……だめっ……お尻ムズムズしちゃうっ！」
「ほら、もっと力抜かないと」
優しくマッサージするように、肛門《こうもん》の周辺を丸く指でなぞってみる。皺《しわ》と皺の間に染みこんだローションが、ぎゅっぎゅと収縮するたびに滲《にじ》み出して陰部へと流れていった。反応を確かめるように皺の周りを指で突くと、さらに穴の奥に隠れていた蜜がドプッと顔を出す。
「やんっ、あっ、んぁっ……」
枕《まくら》をぎゅっと抱き締めながら、アリスは俺の執拗《しつよう》な愛撫《あいぶ》にじっと耐えていた。苦悶《くもん》の表

情を浮かべながらも、俺の鼻に押しつけんばかりにどんどん腰をせり上げている。まるで、もっと激しい刺激をせがんでいるかのように。

「お尻の穴、気持ちいい？」

「あぅ……なんか、だんだん……熱くなってきた……」

大切な秘密を打ち明けるような口調で、アリスは答えた。

「そうか……アリスはお尻の穴をいじられるのが好きなのか」

「そ、そんなこと言ってないもん！　ただ、ちょっと、気持ちいいかなって……」

「……ほほう」

「ニヤニヤしてる〜っ。絶対なんか企んでるでしょっ」

「アリスはずいぶん勘が働くようになったなあ……」

「うぅ、あんまり嬉しくないかも〜」

目の前に穴があれば、なにかを入れずにはいられないというのが男のサガ。

俺はベッドの下に手を伸ばし……本日第何弾目になるかわからない秘密アイテムを取り出した。

お役立ちグッズ！

色はチープなピンク色だが、実はかなりの高性能。まさにカユいところまで手が届く、

俺はその小さな機械のスイッチに手をかけた。まさかこんな早くに、実戦投入するとき

がこようとは！
「よし！　男の夢を乗せて突入だっ！」
「えっ、ちょっと⁉　お兄様、なにそれ……ひゃあぁん！」
アリスが振り向くよりも早く、俺はそのピンクローターをお尻の穴に差し入れた。
「あぁっ、ひゃぁっ！　あぁん、う、動いてるぅっ！」
ぶるぶるぶる……と静かな振動音を立たせながら、着実に門を打破しようとする頼もしい秘密兵器は、じりじりとアリスの肛門を攻めていった。小刻みな刺激にほぐされた括約筋はやがてゆるゆると弛緩し、ローターの先端をすっぽりとくわえ込んでしまう。
「は、挟まってるよぅっ……！　お尻の穴に挟まってるっ！　あっ、あふっ！」
「もうすぐ全部入っちゃうぞ。ほら、もっとお尻の力抜いて」
「やぁ～っ、なんでこんなの持ってるのっ！　もう～～～っ！」
うらめしそうな顔でアリスは俺を責めるが、お尻のことで精一杯なので抵抗も長くは続かなかった。いまのうちだといわんばかりに、ローターの根元を持って左右や上下に動かしてみると、お尻のてっぺんがピクンピクンとかわいく反応する。肛門の周囲の肉は震動によって真っ赤に腫《は》れ上がり、粘膜もめくれ上がっておいしそうにピンクの物体を飲み込んでいった。
「あふっ、あん、やだ、あそこも震えてるぅっ！　おまんこ熱くなっちゃってるっ！」

見れば、ぱっくりと開いた股からはぽたぽたと愛液がしたたっていた。ローターの震動で栓《せん》がイカれてしまったかのような、とめどない水量である。俺はローターをくるくるとねじるように差し込みながら、陰部に手をあてがって放出する蜜を受け止めた。てのひらにはマグマのように熱いぬかるみがつくられ、指の隙間からシーツへとみるみるこぼれ落ちていく。
「すごい……ビラビラも震えてるよ」
「そんなこと、言っちゃやだっ……アリス、おかしくなっちゃうっ」
ローションはすっかり乾き、その代わりに玉のような汗が全身から噴き出していた。皮膚に一体化するように張りついているニーソックスを撫でると、てのひらにぴったりと吸いついてくる。そのむき出しになった太ももと布地の境目を楽しみながら、陰部に鼻を近づけると、ほどよい酸味と甘味がミックスされた匂いが漂ってくる。
「お兄様のお鼻があたってる～っ！　近づけちゃダメ～！」
「近づけなきゃ匂い嗅げないじゃん」
「だめなのっ、いろんなところから触られたらっ……あふっ、はぁんっ！」
その言葉を遮るように、陰部に鼻をぐりぐりと押しつけた。たちまち粘り気のある汁が溢れ出し、鼻の穴まで侵入して思わず溺《おぼ》れそうになってしまう。
「うぐっ、す、すごい量だよアリス。お尻で感じちゃったの？」

「あんっ、だって、いっぱい動いてるんだもんっ！　あぁ、も、もうっ！」

「……イキそうなの？」

「う……わかんないっ……でも、でもぉっ！」

すでに肛門は根元までローターをくわえこんでいた。わざとクリトリスがあたるように腰を前後に揺らしている。そんな自分の姿が恥ずかしいのか、アリスは耳の付け根まで真っ赤に染めているが、同時に行き場のない快感を抱えて苦しそうに悶(もだ)えるのだった。

俺はローターのコードを引っ張り、くちゅくちゅと肛門を出し入れさせた。丸みのある物体が震えながら前後すると、まるでダムが決壊したかのように蜜壺から愛液がほとばしった。

「あぁ、お兄様っ！　い、イッちゃう、あふぅ、イッちゃうっ！」

口からよだれを垂らしながら、アリスは身体を仰(のぞ)け反

らせた。肛門がビクビクと痙攣し、踏ん張るのと同時に、ポコッとローターがお尻から飛び出してくる。

……どうやら、達したみたいだな。

俺はアリスのむき出しになったお尻の頬《ほお》を撫でながら、その様子を眺めていた。髪を振り乱して絶頂に到達した彼女は、そのままベッドに倒れ込み、生まれたての子猫《こねこ》のようにか細い吐息を漏らしている。

「はぁ……はぁ……もう、お兄様のせいだからね……」

「なにが？」

「……アリスがこんなにえっちな子になっちゃったの！」

がばっと枕に顔を埋め、イヤーと叫びながら脚をばたつかせているアリス。おいおい、俺のせいか？　アリスにもじゅうぶん素質はあったと思うんだけどなー。

「ところでアリス、なにか忘れていないかい？」

「うん？」

俺はアリスの隣に寝そべり、ここ一番という笑顔を浮かべてみせた。

「……お兄様が、まだ気持ちよくなってないんだけど」

「あ……そういえば、アリスもお食事まだだった」

ぺろっと小さく舌を出してから、アリスは勢いよく起きあがった。

「ちょっとさ、上に乗ってみてくれない？」
「上？　お兄様の？」
俺はこくりとうなずいてから、枕の下に手を差し入れる。本日ラストの秘密兵器……って
ても、ただのコンドームなのだが。
アリスがパンティを脱いでいる間に、こっそり自分のペニスに装着する。あとでアリス
が食事しやすいように……という意味合いもあるのだが、俺の本当の野望はそんなところ
にあるんじゃない。
黒い欲望を腹に隠したまま、俺はアリスを自分の腰にまたがらせた。ひとりじゃうまく
バランスを取れないらしく、腰の両側に手を添えてしっかりと支えてやる。
「ゆっくり入れてみて」
「うん……」
自らの入り口にペニスの先端をあてがい、アリスはゆっくりと腰を沈めていった。もう
じゅうぶんに濡れているので、最後まで飲み込むのは造作ないことだった。
「うぅ……なんか、ヘン」
「なにが？」
「いつもの感じと違う……お兄様のおちんちんじゃないみたい」
コンドームをしているので、多少感触が違うのだろう。俺はそんな違和感を吹き飛ばす

かのように、ズン！と激しく腰を突き上げた。
「……あぁんっ！」
「どう？　まだおかしい？」
「うー、もうわかんないっ……あぁ……んっ」
狭い膣道《ちつどう》をさらにきゅっと締めつけながら、アリスはしだいに腰を動かし始めた。ネトネトと粘つく肉筒に揉まれ、俺のペニスはめきめきと腫れ上がっていく。アリスの刻むリズムに合わせながら俺も腰を動かすと、結合部から水気を帯びた気泡がふつふつと溢れてくる。
「ひゃっ、あたるぅっ！　奥まで、あふんっ……！」
ズンズンと腰を突き上げるたびに、アリスの豊かな乳房がたぷたぷと揺れた。てっぺんにそびえるピンク色の乳首も硬く尖り、胸が揺れるたびにピクンピクンと先端を震わせている。谷間からは一筋の汗が流れ、おへそに向かってキラキラとした河を描いていた。
やみくもに激しく突き上げてから、今度は小刻みに震動させるような動きに変化させてみた。ペニスの挿入によってめくれ上がっていた秘肉が刺激によって赤く腫れ、さらに奥深く飲み込まんばかりに幹に密着していく。露《あら》わになったクリトリスはこれ以上ないほど硬く勃起《ぼっき》し、みだらな雫《しずく》を先端からしたたらせている。
「あん、気持ちいいっ……おまんこ気持ちいいよぅ……！」

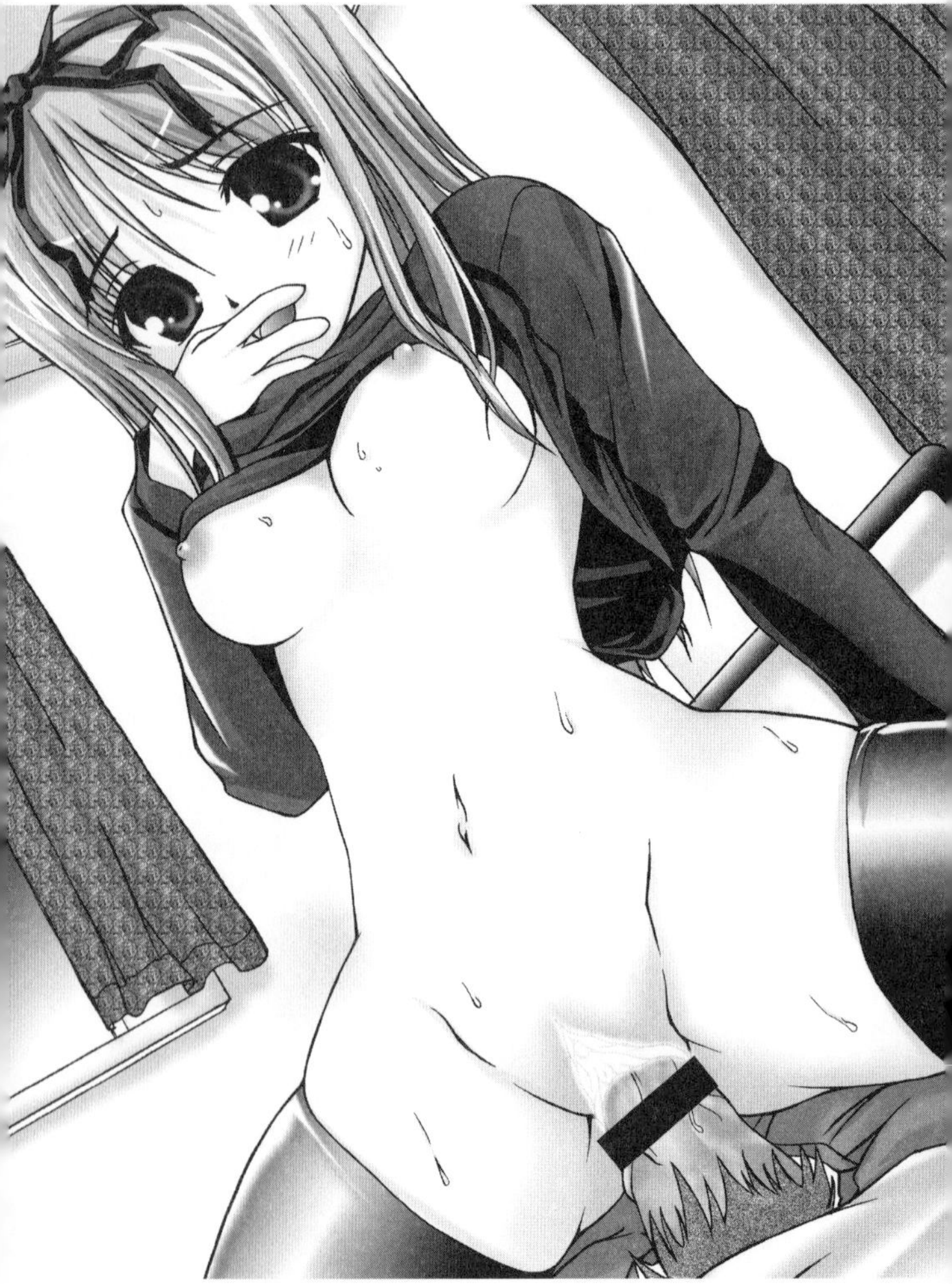

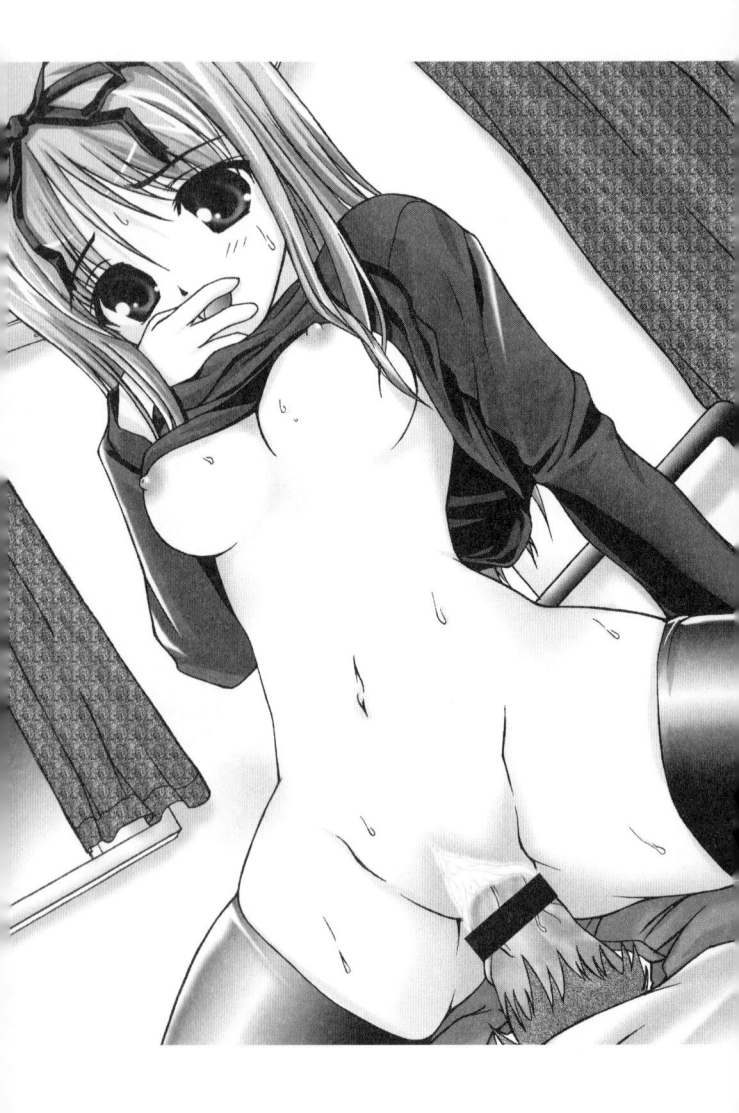

「……まったく、アリスは上のお口も下のお口も食いしん坊だなあ」
「お兄様のいじわるっ……だって、腰が勝手に動いちゃうっ……！」
ぬぷっ、ぬぷっと淫靡な摩擦音が部屋中に響く。アリスは下のお口をいっぱいに開け、貪欲《どんよく》にペニスをくわえ込み続けていた。ただ上下に動かすだけでは満足できなくなったのか、ときどきひねるような動きを交えたり、カリ首が引っかかる感触を楽しんだりしながら、思うままに快楽を貪《むさぼ》り食っている。
「こら、そんなに激しく動くなって……」
「止まらないのっ……アリスだって、困っちゃうっ……」
困っているのか悦《よろこ》んでいるのかわからない口ぶりで、アリスは縦横無尽に腰をグラインドさせている。腰が上下するごとに、膣道の肉がさざ波のように押し寄せては引いていった。きゅっと根元を締めつけたかと思うと、次の瞬間には筋肉を弛緩させ、また次の瞬間には幹全体を絞るようにして締めあげる。絶え間ない収縮運動に翻弄《ほんろう》され、俺のペニスは雄叫《おたけ》びをあげるかのように硬く反り返っていた。
「ひゃうっ、あっ、んはぁっ……やん、もっと動かしてっ……あん、あふぁ！」
なんて身勝手な吸血鬼だ。俺だってもっと動かしたいのはやまやまだが、いまは完全にアリスにイニシアチブを取られてしまっている。俺のペニスが自分の所有物だと言わんばかりに、すっぽりと膣にくわえ込み、好きなように揺さぶっては甘い声を漏らすのだ。こ

うなると俺は、完全に歯が立たない。ただゆらゆらと愛液に満ちた波間をさまよい、こみ上げる衝動をこらえるだけ。

「アリス……そんなに締めつけたらだめだって……！」

「やぁん、勝手に締まっちゃうのっ……気持ちいいんだもんっ……！」

まるで聞く耳を持たず、さらに激しく飛び跳ねるようにして俺を攻める。どうやらさっきお尻をいじりすぎたせいで、快楽のスイッチが入ってしまったらしい。それを証拠に、ちょっとでも腰を動かすと電流に打たれたかのように背中を仰け反らせ、抜け落ちてしまうくらいのストロークで激しく応《こた》えるのだ。

「お兄様、どうしよう……また、またイっちゃいそうっ……」

我を忘れたように、俺の上に倒れ落ちてくるアリス。平衡感覚もなくなってしまったのだろうか。

「いっぱいイっていいよ……ほらっ」

アリスのお尻を両手でしっかりと抱え、さらに密着させるようにペニスで貫く。汗と唾《だ》液《えき》と愛液とでふたりの身体はべとべとになり、どっちがどっちの身体かわからなくなるほどの一体感を覚えていた。

ここまでくると、俺ももう我慢はきかない。いつ放出してもおかしくないくらい、大量の精液がスタンバっているのだ。

「もうイっちゃうっ……お兄様も……お兄様も一緒に来てっ！」
「……もう出る……アリス……！」
「あぁ、お兄様、あんっ……あ、イク……あぁ、んはあぁぁぁっ！」
俺とアリスは、悲鳴をあげながら強く腰を打ちつけ合った。お互いのリズムが最高潮に達したとき……俺はアリスの中ですべてのわだかまりを放出した。ドクドクと陰茎はわななき、体中の水分がすべて溶け出してしまうのではないかと思うほどの射精感を味わった俺は、アリスの身体を抱き締めながら呆然《ぼうぜん》とシーツに埋まっていた。
「はぁ……はぁ……あれぇ……？」
ぬぷっと膣からペニスを引き抜いたアリスは、不思議そうに自分の股間を凝視している。
「……どうした？」
「アリスのごはん……？」
「うぁっ！」
アリスはコンドームに包まれたペニスを見て、興味深そうにつんつんと指で突いた。まだ敏感になっているところを刺激され、俺は驚いてむくっと起きあがる。
「いきなり触ったらだめでしょ！」
「だって、お腹空いた！」
強気な態度でびしっとペニスを指さすアリス。さっきまであんなにかわいくあえいでい

たのに……。
俺は切なくなって肩を落としながらも、コンドームからペニスを引き抜いた。袋の先端には、恥ずかしくなってしまうくらい大量の精液が溜《た》まっている。
「はい、どうぞ召し上がれ」
「わーいっ、いただきまーすっ」
にんまりとした笑みを浮かべてから、アリスはそのコンドームを逆さにして口の中に流し込む。
……そう、俺はこの光景が見たかったのだ。
わくわくしながら精液を飲み続けるアリスを見守る。あぁ、なんておいしそうに口に含むんだ。唇の端からちょっと垂らしたりなんかして、それをぺろっと舌で舐め取ったりなんかして……むうう、たまらん！　たまらんぞアリス！
「……なんで見てるの？」
「え……だめ？」
「だめじゃないけど……人がお食事してるとこ見るなんて、ちょっと趣味悪い」
迷惑そうな顔で、アリスは俺を軽く睨《にら》む。
「いいじゃん、減るもんじゃないし」
「そーゆー問題じゃなくて。なんか落ち着かない」

第三章　永遠の記憶

「まあまあ、どうぞごゆるりとお食事を続けてください」
憮然《ぶぜん》とした様子のまま、アリスはこくこくと精液を飲み干した。激しい運動でよほど腹が減っていたのか、最後の一滴まで残さないようにぺろぺろと袋の内側を舐め取っている。
「……ねえ、おいしい？」
ある種のカタルシスを感じながら、俺はアリスにそう尋ねた。
「お兄様も飲みたかったの？　ちょっとあげようか？　そしたら味がわかるよ」
「……いや、結構です」
「ふうん……ヘンなお兄様」
なんか白い目で見られているような気がする。
またこれで、アリス的「お兄様変態度数」が大きくアップしたんだろうなあと思いながら、俺はゆっくりと目を閉じた。野望を叶えたことへの達成感に身を委ねながら。

――綾乃ちゃんの異変に気づいたのは、その翌朝のことだった。
すやすやと眠っているアリスを起こさないように家を出た俺は、そのまま隣の家のインターホンを押した。
外出の一番の目的はスーパーへの買い物だったのだが……やっぱり、先日の出来事がず

っと気になっていたのだ。
「……俺です。えっと、隣に住んでる庄司ですけど」
綾乃ちゃんが出てから、インターホン越しにそう答える。少しためらっているような気配が伝わってきたが、それに気づかないふりをして努めて明るく振る舞った。
三十秒ほど経ってから、ゆっくりと玄関のドアが開く。
「……おはようございます」
中から出てきた綾乃ちゃんは、ひどく元気のない声で挨拶《あいさつ》した。気のせいか、顔色も悪い。一緒に買い物に行ったときから、体調が回復していないのだろうか？
「朝早くにごめん。この前、具合悪そうだったから……ちょっと気になって」
「私のこと、心配して来てくださったんですか……？」
ふいに、綾乃ちゃんの頬に赤みが差した。そんなにうるうるした瞳で見つめられると、俺もどうしたらいいのかわからなくなってしまう。
「まあ、そういうことなんだけど……あぁっ、ごめん！　お見舞いに来たくせになにも手みやげ持ってこなかった！」
「いえ、いいんですそんな……庄司さんがこうやって来てくれただけで、私……」
「……」
頬の赤みがさらに二十パーセントほど増量する。

俺は言葉に詰まって、じっとりとてのひらにかいた汗をTシャツで拭った。なんだろう、この甘酸っぱい思いは。頬を染めた女の子と見つめ合う機会なんていままでなかったから、ヘンに意識してしまう。

「……な、なんかいい匂いがするね」

「え……そうですか？」

部屋の中から……というか、綾乃ちゃんの周囲からも漂ってくる甘味を帯びたスパイシーな匂い。シナモンというのともちょっと違うし、かといってバニラほどしつこいわけでもない。

「あ、そうそう。これ、白檀《びゃくだん》の香りなんです。アロマテラピーに凝ってて、たまに部屋でオイルやお香を……うぅっ」

ふいに、綾乃ちゃんが俺の胸の中に飛び込んできた。

俺はわけもわからず、その身体を受け止める。アリスに見られたら殺される、なんて思う暇もなく、抱きかかえるようにして支えた。そうでもしなければ、地面に倒れてしまいかねない勢いだったのだ。

「あ、綾乃ちゃん⁉　大丈夫？」

しかし綾乃ちゃんは、頭を抱えたまま動かない。……まさか、例の持病？　どうしよう、ひとまず未育ちゃんを呼んだほうがいいものか。いや、救急車を呼ぶべきか。

そんなことをまごまごと考えていると、やがて綾乃ちゃんは頭から手を離して……俺の背中に腕を回した。

………ん？

さらさらとしたおかっぱの髪が、俺の首筋にあたる。そしてその白い頬も。表面はひんやりと冷たいのに、奥には芯の強い熱をたずさえているような……そんな不思議な感覚。

ほぼ寝起きに近い状態だった俺には、この状況をうまく理解することができない。

「……綾乃ちゃん？」

頑《かたく》なに無言を貫いていた彼女が、ようやく顔を上げる。

その藍色《あいいろ》の瞳が、妖《あや》しい光を帯びて俺をまっすぐに見つめていた。

確か以前にも、こんな目を見たことがある。獲物《えもの》を目の前にしたような、獰猛《どうもう》な瞳の輝き。そんな遠い昔ではなく、つい最近の……。

「……知ってましたか、庄司さん」

とろんとした瞳はしだいに赤みがかり、熱い吐息が喉元に届いた。ぞくり、と全身に鳥肌が立つ。

「……白檀って、催淫《さいいん》効果があるんですよ……」

「え……」

身動きができなかった。辺りに立ちこめる芳しい香りのせいなのか、綾乃ちゃんの邪視

のようなまなざしに捕らえられたのかはわからない。ただ、呼吸をすることもできなくて
……ゆっくりとその唇が近づいてくるのを……ただ待っていることだけしか……。

「――拓馬くん！」

背後から名前を呼ばれ、俺はとっさに綾乃ちゃんの身体を引き離した。
一気に金縛りが解けたような気分だった。さっきまでは指一本も動かせなかったのに
……いまでは息をすることもできるし、振り返ってその声の主を確認することもできる。
「あ……汐月さん！」
腕を組みながら、こちらを厳しいまなざしで見つめてくる人……それはまごうことなき
汐月さんの姿だった。
「朝っぱらから、ずいぶんと大胆なのね」
「いや、これは違うんだ！　ちょっとこの子の体調が悪くなって……ね？　綾乃ちゃん」
「あ……えと……」
ぼーっと俺の顔を眺めたあと、綾乃ちゃんはシャキンとした表情になって後ずさった。
「ごめんなさい、私、いま……」
おろおろとしながら、綾乃ちゃんはぺこぺこと頭を下げる。さっきまでの妖しい瞳の色

は失せ、いまではすっかりクリアな藍色を取り戻していた。
「具合、よくなったみたいだね。……あ、汐月さん、この子はお隣に住んでる水無瀬綾乃ちゃんで……」
「……」
俺がことを穏便にすませようとしたとき、なぜか急に空気がひんやりとしたような気がした。
……なによ、この緊張感。
俺は三歩ほど後ずさって、ふたりの顔を交互に見た。
汐月さんは、さっきまでのクールな表情から一変し、ひどく忌々しいものを見るようなまなざしで綾乃ちゃんのことを凝視している。
それに対して綾乃ちゃんは、ぶるぶると唇を震わせながら汐月さんの視線を受け止めていた。単に睨まれただけじゃや、こうは怯《おび》えないだろうというくらい……ほんの少し哀《かな》しみを滲ませたような表情で。
「あの……」
ふたりとも、お知り合い？
俺がそう尋ねようとしたとき、急に汐月さんはこちらを振り返ってにっこりと笑った。
見事なまでの変わり身の早さだった。

「……この方、拓馬くんのお隣さんなのね？」
「う、うん、そう。水無瀬さんっていってね……」
「私……失礼します」
バタン。
……容赦なく玄関のドアを閉められ、俺の「お友達紹介キャンペーン」大作戦はひどく中途半端なものに終わってしまった。
ま、まあ、仕方ないよな。綾乃ちゃん、具合悪そうだったし。うん。
「なんか……ごめん」
「別に拓馬くんが謝ることはないわよ。ふふっ、拓馬くんのうろたえてる姿が見られてちょっと得しちゃったわ」
さっきの厳しい目とはうって変わって、やわらかな笑みを浮かべる汐月さん。
……なんだったんだろ、あの空気。俺はてっきり、ふたりとも知り合いかなにかだと思ったんだけど。
「ところで、今日はどうしたの？」
「ああ、そうそう。ほら、拓馬くんが探してた例の……吸血鬼に関する文献を持ってきたのよ」
「えっ！　ホントに？」

汐月さんはバッグを開けて、大きな封筒を取り出した。どうやらこの中にお目当てのものが入っているらしい。
「とはいっても、それらしい文献、としかいまは言えないの。例えば、『永遠の記憶』についてのこととか……」
「永遠の記憶？」
どことなく神秘的な響きに、俺の好奇心が頭をもたげる。
「ええ。東欧に伝わる人工生命体の話よ。人のかたちをした、永遠の生命……ホムンクルスという言葉は聞いたことあるでしょ？」
「ああ、それなら聞いたことあるよ。ゲームとかで……」
我ながら、頭の悪そうな発言をしたと思った。しかし汐月さんは意に介すことなく、ぺらぺらと手元にあった文献のページをめくる。
「よくいうホムンクルスは、フラスコの中でしか生きられない小さな生き物という話なの。だけど、この『永遠の記憶』に限っては、私たちと同じヒトのサイズで不老不死。しかも、常人では考えられないくらい高い身体能力を持っているらしいわ。……これって、なにかに符合しない？」
「えーと……あっ……確かに」
――吸血鬼、と結びつけるのは性急なのだろうか。ただのシロウト考えかもしれないけ

ど、微妙に共通するような部分を見つけたような気がして、ほんの少しだけ嬉しくなった。
「まあ、これぐらいじゃただの寓話《ぐうわ》レベルなんだけどね。でも、他にもおもしろそうな本を見つけたの。『パラケルススと錬金術』や、スティーヴン・スワロウ教授の発表した、『ビザンチン・シード仮説』とか。この本の出典もととなった論文も見つけておいたのよ。あとでゆっくりと読んでみて」
ばさっ、ばさっ、ばさっ……と山積みに本を渡され、俺は一瞬立ちくらみを覚えた。そういや俺、小学生のとき、読書感想文苦手だったよなあ……なんてことを思い出してみたりする。
「え……」
「どうもありがとう。汐月さんってホントに行動力があるっていうか、優秀っていうか」
「お世辞なんて別にいいわよ。でもね拓馬くん、この貸しは高くついたわよ」
汐月さんは不敵な笑みを浮かべながら、そっと俺に耳打ちをした。ふんわりとシャンプーの香りが漂ってきて、また違った意味で立ちくらみしそうになる。
「汐月さん、あの……」
「ふふっ、でも今日のところはいいわ。さっきからカワイイ女の子がものすごく怖い目でこっちを見てるから」
「は⁉」

ぎょっとして、振り返る。
……確かにそこに、カワイイ女の子はいた。明るい空色の髪をした、ワインレッドの瞳の……アリスさんが。
「あ、アリスっ⁉　なんだってそんな、座敷童子《ざしきわらし》みたいに突っ立ってんだよ！」
玄関のドアの隙間から顔を出し、うらめしそうな表情をしていたアリスは、ぎゅっと唇を噛みしめて目を怒らせた。起きたばかりなのか、寝ぐせのせいで前髪がヘンな方向に跳ねている。目だって充血してるし……あ、これはもともと赤いのか。
「……お兄様の浮気者」
腹の底に響くような低い声で、アリスはつぶやく。
「ち、違う。この人はそういうんじゃなくて」
「あらこんにちは。アリスちゃんっていうの？　私、拓馬くんの同級生で汐月夜っていうの。よろしくね」
まったく動じない様子で、汐月さんは手早く自己紹介をした。それからくるりと踵《きびす》を返し、「じゃ、また」とだけ言い残してつかつかと歩いていってしまう。
「汐月さん、待っ……」
「お兄様っ！」
背後からがぶっと肩を噛まれ、俺は悲鳴にならない悲鳴をあげた。ずるいぞアリス、そ

れは反則だろう……！

「バカバカ！　お兄様のバカ！　他の女を見るとすぐに鼻の下伸ばしちゃうんだからっ」

もう一回、がぶっ！

あまりの痛みに、俺の意識はおもしろいように遠のいていった。

しだいに曇りゆく視界の中に、エレベーターに乗り込む汐月さんの姿が入る。そしてその脇の非常階段で……黒い人影がじっとこっちの様子をうかがっているように見えたのは……急激な貧血からくる、ただの幻覚症状だったのだろうか？

第四章　御使い来たりて

……ごめんなさい汐月さん。ボクには一ミリも理解することができません。

俺《おれ》は深々とため息をつきながら、論文の表紙を閉じた。

汐月さんから参考文献をもらってから、数日後。俺はできる限り真剣に、そして真摯《しんし》に、この課題について取り組もうとした。

……しかし、大方の予想通り、一分で断念。

彼女はこれにすべて目を通したのだろうか？　だとしたらスゴすぎる。まさに神童だ。いや、そんな年でもないのか。それにしたって、明らかに俺と知能レベルがかけ離れすぎているのは間違いない。

それよりも驚いたのが、もとは英語版だったこの論文の訳者だ。どうやら大学の図書館で取り寄せてもらったものらしいが……『庄司祥子』って。これ、うちの母さんじゃないかよ！　……まったく、親子そろって吸血鬼の研究だなんて、血は争えないにもほどがあるってもんだ。

「しかし、『永遠の記憶』ってなんなんだろうなあ……」

そんなことを、ぽつりとつぶやく。文献には数多く登場する単語なのだが、いまいち実体が掴《つか》めないのだ。

「……お兄様」

「どうした？　アリス」
魂の抜けたような顔をして、アリスはトコトコと俺のそばに近寄った。そういや、さっきからずっと洗面所にこもったままだったけど……生理でも来たのかな。
「すごく不思議なことが起きた」
「へえ……」
ぺらぺらと論文に目を通しながら、俺は答える。だめだ、冒頭部分すら何度読んでも意味がわからない。
「おっぱいから、白いお汁が出た」
「へえ……」
だいたい、こんなファンタジーめいた話が信じられるかっていうんだよ。人工生命体が完成したって記述も、あくまで仮定だとしてもさあ……どうも翻訳物の小説を読んでいるような気分が拭《ぬぐ》えないんだよな。だいたい、吸血鬼なんて……いるんだなこれが。俺の隣に。
「あとね、生理が来ない」
「へえ……え、えぇえええっ⁉」
——そのとき、俺の意識がはるか空の彼方へ吹っ飛んだ。
生理が来ない。生理が来ない。生理が来ない来ない来ない来ない来ない来ない……。

ラップ調で繰り返されるステキなワンフレーズ。ドラマや映画なんかでこういうセリフ聞いたことあるけど、まさか自分の身に訪れるとは夢にも思わなかった……。
俺はベッドの上で正座して、アリスに向き直る。
「……それは、本当ですか」
「アリス、嘘《うそ》つかない」
インディアンよろしく、アリスは右手を上げて答えた。
「えー、生理が来ない、というのはひとまず置いといて……その前になんか不思議なこと言ってなかったっけ」
「もう、お兄様ったらちゃんと聞いてなかったの？　あのね、おっぱいからお汁が出るの！　あれに似てるやつ。えーっと、母乳？」
両手で胸を抱え、たぷんたぷんと揺らしてみせるアリス。
母乳に似てるやつって……それはまさしく母乳なのではないのか。おっぱいから出てくる他の液体を、俺は知らない。
「うーんと……それはまごうことなき妊娠だとは思うんだけどね。冷静に考えてみると、母乳出るのはおかしいんじゃないかな。ちょっと早すぎるっていうか」
「そんなこと言われても、アリスわからない」
しまった、不機嫌《ふきげん》のスイッチが入ってしまった。アリスはぷうとほっぺたを膨らませ、

俺をじっと睨《にら》んでいる。
やっぱり……普通の人間とは違うのかもしれないなぁ。かといって、調べる術なんてないわけだし。うぅ、どうしたものか……。
「お兄様、もしかしてアリスと子供育てるのイヤなの？」
「え？　……い、イヤじゃないよ。もちろん」
「ホント？　これからずーっと、アリスとアリスの子供と三人で一緒に暮らす？」
「う、うん。暮らすよもちろん。ところで……念のため聞きたいんだけど、生まれてくる子供は吸血鬼なわけ？」
アリスは、その質問に対して少し考えている様子だった。
「……うーんと、いちおう吸血鬼。混血《ハーフ》だけどね」
「ああ……」
混血ってことは……えーと、つまり人間と吸血鬼の子供ってことで。あたりまえか。
「じゃあ、アリスは混血じゃなくて、血統書付きの吸血鬼ってこと？」
「ペットじゃないんだからっ！　……まあ、そういうこと。お父様もお母様も吸血鬼」
それはすごい。ある意味、この世でもっとも貴重な血統書付きといえるかもしれない。
「でも、ホントに俺なんかでいいのかなあ」
「……どうしておっぱい触りながらひとり言つぶやくわけ？」

「え？」
……しまった、無意識のうちにアリスのおっぱいを揉《も》んでいた！　俺としたことが、なんたるハレンチな所業を……って。
「ごめん、あまりにもおっぱいが張ってるものだから、つい」
「はぁ……お兄様の興味は常にそこなのね」
肩をすくめながら、アリスはため息をつく。だって仕方ないじゃないか。母乳が出るまで言われたら、いやがうえにも興味がわいてしまう。
「でもね、ずーっとおっぱい痛いの。お乳が溜《た》まってるからかな」
「そうかもな……どれ、ちょっと見せて」
「う……強く握ったらだめだよ。すっごく敏感になってるんだから」
カットソーをたくし上げながら、アリスは厳しい口調で言う。俺は生返事をしながら、そのぷるんと現れた豊かな乳房に釘付けになっていた。
白くなめらかな肌の質感は変わらない。だが、やはりいつもより乳首がピンと上を向き、赤みも増しているようだった。乳房全体も、水を入れすぎたヨーヨーみたいにぷるぷると弾んでいる。
「やっぱりちょっと張ってるね。これ、お乳出したほうがいいんじゃないかなぁ」
俺は赤ん坊がやるみたいに、アリスの乳首にちゅっちゅと吸いついた。

「わわっ、お兄様っ……！」
たちまち、口の中に薄いミルクの味が広がっていく。なんだか懐かしい舌触りがした。不思議なもので、こくこくと効率よく母乳を飲む方法を身体《からだ》が覚えている。俺はほんのりとした郷愁に浸りながら、噛《か》まないように優《やさ》しく乳首を転がした。……生まれてくる赤ん坊も、同じようにおっぱいを飲むんだろうな、なんてことを思いながら。
「んぷ、んぷっ……ぷはぁっ……飲んでも飲んでも出てくるなあ……」
「まだぜんぜんおっぱい張ってるよ～。このままだと破裂しちゃうっ」
いくらなんでも破裂はしないだろうと思ったが、アリスもまた自分の身体の異変に戸惑っているのだ。いつも以上にデリケートになっているということに留意しながら、もう片方のおっぱいもちゅぷちゅぷと飲む。やっぱりバランスよく出していかないと、型くずれしちゃうかもしれないしな。
「んぷっ……ちゅぷっ……ちゅっ……」
「お兄様、赤ちゃんみたい……」
かすかにやわらかい笑顔を浮かべながら、アリスは言った。こうやって赤ちゃんプレイをしていることで、アリスの中の母性がより強く芽生えてきているのかもしれない。
……うーん、しかし、さすがに水っ腹になってきたぞ。
「ちゅ……んちゅ……ちゅぱぁっ…………ねえアリス、ちょっと、ベッドにこうやって手

をついて」
「うん？」
たぷたぷになった腹をさすりながら、俺はアリスを四《よ》つん這《ば》いにさせた。母乳を全部飲みきってあげたいのはやまやまだが、ここまで大量だとさすがに自分ひとりの胃じゃどうにもならない。
「ちょっと強めに搾るけど、我慢できる？」
「う……ん、わかんないけど、やってみて」
アリスの了解を取ってから、俺は……言い方はアレだが、牛の乳搾りをするみたいに、ぎゅっぎゅとアリスの乳房を握り締めた。
「あ……ひゃんっ！」
握ったそばから、ドピュッと大量の母乳が溢《あふ》れ出す。まるで滝……といっても過言ではない量を見て、俺とアリスは同時に驚いた。
「す、すごい……」
「いっぱい出た……」
そりゃこんなにたくさんの母乳を抱えてたら、おっぱいが張るのもムリはないというものだ。
「どう？　だいぶ軽くなった？」

第四章　御使い来たりて

「うーん、なんとなく」
首をかしげながらアリスは答える。俺はもう片方の乳房を、同じように搾ってみた。
「うぁ……あんっ……」
甘ったるい声と共に、噴き出すミルク。手で乳房の重さを確かめてみると、さっきより
ほんの少しだけ軽くなったような気がしないでもない。
「ん……ちょっと楽になったみたい」
自らの手でおっぱいの調子を確かめながら、アリスは言った。
「そ、そう？」
「うん。肩も軽くなったし」
「もう痛くないの？」
「痛くない。まだ乳首は張ってるけど、もう大丈夫」
「ホントに大丈夫？」
「……大丈夫だってば。なんでそんなにしつこく聞くの？」
「いや、俺はただアリスのことが心配で……」
心配なのは本当だった。近い将来お母さんになるんだし、女の人の身体の仕組みを、俺
ももっと勉強せねばと思ったのも本当。
……ただ、アリスのふくよかな乳房を見ていたら、男としての邪念が渦巻くのもまた事

実で。
「ねぇアリス……あのさ、そのおっぱいで挟んでくれない？」
「挟む？　なにを？」
「いやあのそれはだから、アリスの大好物を」
「チーズケーキ挟むの？」
「違うっ！」
……わざとボケてんのかな。言ってる俺のほうが恥ずかしくなってきちゃったじゃないか。
俺はジッパーを下ろし……さっきからアリスのおっぱいに負けず劣らず腫《は》れ上がっているそれを、目の前に差し出した。
「ですから……その、これを」
アリスは眉根《まゆね》を寄せ、俺の顔とペニスを交互に何度も見ている。
やっぱ、とうとう呆《あき》れられちゃっただろうか。そりゃそうだよな、妊婦にこんなこと頼むなんて。
「……これでいいの？」
「うぉっ!?」
しかし、アリスは俺が悶々《もんもん》と悩んでいるのを尻目に、ひょいと乳房を寄せて俺のペニス

をぱくりと挟んだのだ。
……むむ、言ってみるもんだなあ。
ひんやりとした皮膚が焼けるように熱い肉棒を挟むその感触に、俺は眩暈《めまい》にも似た感動を覚えた。そのままアリスの上にまたがり、お腹《なか》に乗らないように注意しながら、シコシコとペニスをさすってみる。
「うわぁ……新感覚」
「……それ、気持ちいいの？」
アリスは不思議そうな顔をしながら、俺を見上げていた。
「うん、気持ちいいけど……確かに女の子には一生わからない感覚だろうなあ……」
「うー……でも、アリスのおっぱいも気持ちいいよ。お兄様のおちんちんでこすられると」
ペニスが目前にずんずんと迫ってくるのが楽しいのか、とても興味深そうに先端部分を見つめている。
「こうやって揉まれたりすると、もっと気持ちいいかな」
前後にこすりながらも、両方の乳房を揉みしだいてみる。すると、乳首の先端からちろちろと母乳が滲《にじ》み出してきた。
「あんっ……」
口元から吐息を漏らし、腰をくねくねとひねっている。妊娠したことによって、以前よ

第四章　御使い来たりて

りもさらにおっぱいが敏感になっているようだ。
適度に張った乳房が竿の部分を刺激し、亀頭《きとう》は充血してみるみる大きくなっていった。カリ首があたってぷるるんと乳房が揺れるたびに、アリスはか細い声をあげた。流れ落ちた母乳が潤滑剤となって、ペニスの滑りをさらによくしているのもポイントである。
「んっ……あんっ……お兄様のおちんちん、熱い……！」
俺は乳房をがっしりと固定したまま、さらにペニスを激しく揺らした。膣《ちつ》の中に入れている感覚とはまた違って、パイズリをしているというビジュアル的なインパクトが、ダイレクトに股間《こかん》を刺激している。俺の赤黒く膨らんだペニスがその細い顎《あご》につんつんと触れるたびに、アリスはくすぐったそうにふるふると首を振った。母乳によって乳白色のベールをまとった乳房はつやつやとやわらかい光を放ち、俺の手の中ではち切れんばかりにたわわな実りを見せている。
「やばいっ……めちゃくちゃえっちだよアリスのおっぱい……」
「……あん、そんなに強く握ったら、また出ちゃう……っ！」
どぴゅぴゅぴゅぴゅぴゅっ！
さきほどの乳搾りの要領で力を入れると、まるで噴水のように乳首から母乳が噴き出した。すでにアリスの顔も髪もミルクでべとべとに濡《ぬ》れ、甘い芳香を周囲に放っている。
「すごい、まだまだいっぱい出るね……」

「はうんっ……もっと搾ってぇ……むずむずしちゃうのっ……！」

俺は哀願されるままに、ひねるような動きを加えて乳房を搾ると、さっきよりも大量の母乳が勢いよく噴き出してきた。あまりにも高く放出するものだから俺の顔面にもびっしょりとかかってしまい、口の周りに付着したミルクを舌で舐《な》め取った。

「やんっ……いっぱい出ちゃったっ……」

ミルクまみれになった顔を手で拭いながら、アリスは照れ臭《くさ》そうにつぶやいた。たっぷり出してすっきりしたのか、妙に晴れ晴れしい表情である。

「アリス……ごめん……」

「どうしたのお兄様……？」

「俺もいっぱい出そうなんだけど……」

白濁した液体にまみれたアリスを見ていたら、早くも限界が近づいてきた。俺は最後の力を振り絞ってペニスをこするスピードを上げた。先端からはすでに先走った精液が流れだしていたが、もはやどれが母乳でどれが精液かわからないほど、アリスの身体は白く汚れている。

「お兄様、いっぱい出してっ……アリス、受け止めるからっ……」

「アリスぅっ……！」

悩ましげにアリスが唇を大きく開いた瞬間……俺は溜まっていた精液をすべて出しきっ

ていた。
勢いよく飛び出した精液はアリスの口の中やその周りに飛び散り、白い模様をつくりだしていた。やはり母乳よりも濃厚な質感で、ひときわねばねばと糸を引いている。
「あふいっ……あふいぉ……！」
口の中に精液を溜めたまま、アリスははかなげな声を漏らした。さすがに一気には飲めないらしく、けほけほと咳《せ》き込みながらも一生懸命《いっしょうけんめい》嚥下している。
「ごめん、いっぱい出しすぎちゃったかも……」
「けほっ……けほっ……だ、だいじょうぶ……アリス、いっぱい栄養取った」
顔をべたべたに汚したまま、アリスはにっこりと微笑《ほほえ》んだ。俺は起きあがって、ベッドの横にあったティッシュで丁寧に身体を拭《ふ》いてやる。
「お腹の子も、精液を栄養にして育つのかなあ……」
ふと、俺は思ったことを口に出してみた。それはなかなかリアルというかグロい想像で、パパとなる身としては非常にフクザツな気分である。
「うぅん、わかんない。でもお兄様のお汁だけじゃ足りないかも」
「えっ！　てことは、また血を……」
「だいじょーぶ。そのぶん普通のごはんをいっぱい食べるから！」
さらににっこりと笑ってみせるアリス。……大丈夫なのか。いや、あんまり大丈夫じゃ

ないような気がする。というより、すべては俺の甲斐性《かいしょう》にかかっているってことか。
「それよりお兄様……」
「うん？」
アリスはもぞもぞと腰を動かしながら、俺を上目遣いに見た。とろんと潤んだ瞳《ひとみ》に、赤く上気した頬《ほお》。なんだかムズ痒《がゆ》そうに、あそこを手で触ったりして……。
「……もしかして、入れてほしいの？」
「そんなにはっきり言わないでっ……」
恥じらいながらも、アリスは太ももに自分の手を挟んで陰部をこすりつけている。まったく、と俺は頬をゆるめた。いつからこんなにえっちな身体になってしまったんだ？
「俺が入れなくても、自分でできるだろ？」
「や～ん、足りないっ」
挿入を待ちきれないのか、陰部をいじる指がさらに激しくぴちゃぴちゃと動いた。その粘着質な音を聞いただけでも、もう準備万端なことがはっきりとうかがえる。
「お兄様、もっと精液たくさん出さないとだめっ。赤ちゃん育たないっ」
「さっきと言ってることが反対ですが……」
「アリスが栄養欲しいんじゃないの、赤ちゃんが欲しいって言ってるのっ」
人の話、ぜんぜん聞いてないな……。

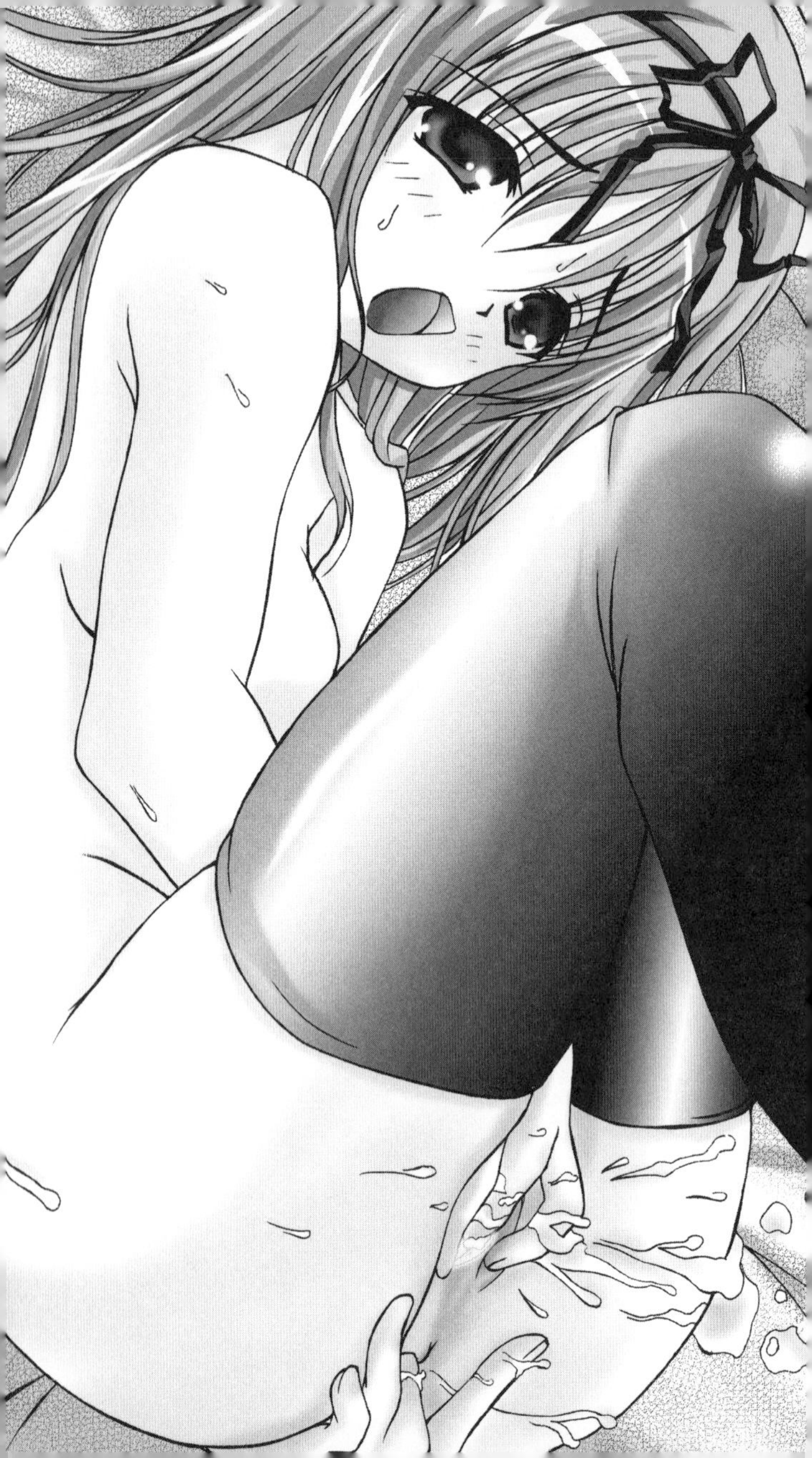

「まったく、ママになってもワガママなままなんだから……」
俺はやれやれと肩をすくめながら、アリスの陰部に手を伸ばそうとした……そのときだった。
突然、激しい衝撃音が玄関のほうで聞こえた。ガンガンとドアを蹴《け》り飛ばす音。それに混じって、ガラスの割れるような音も響いてくる。
「……なんだ⁉」
俺たちは、ふたりそろって身体を起こした。立ち上がろうとするアリスを制し、手早く服を着てゆっくりと玄関に向かう。
音の出所からしても、俺の家の前だということは間違いなさそうだ。もしも強盗だったらどうする？　いやしかし、こんなに派手に登場する強盗もなかなかいないだろう。とにかく、身重のアリスに絶対に手を出させてはいけない。腕力にはあまり自信はないけど、やれるだけやってみなければ……。
ふいに、ドアの前で暴れる音がやんだ。まるで俺の気配を察知したかのように静まるものだから、奇妙に思って魚眼レンズを覗《のぞ》いてみる。
……………なんだこりゃ？
俺はなにかの見間違いかと思って、何度も何度も目をこすった。そこには怪《あや》しい男の姿も危険な凶器もなにもない。ただレンズの向こうに映るのは……。

――動物のクマだった。

「こんにちは、お兄さん！」
そのクマ……いや、厳密にいうと大きなクマの飾りをほどこしてある杖《つえ》を持った少女は、ドアを開けた俺を見るなり、さわやかに挨拶《あいさつ》をした。
……誰《だれ》。誰なのこの子。見た目は幼い少女といった様子だが、まず身なりが普通じゃない。クマの杖も意味不明だけど、髪の毛は紫色だし、ずいぶんとデフォルメしたナース帽みたいなのをかぶってるし、なんかもう全体的にコスプレ感満載。それとも、最近こういうのが流行《はや》ってるのか？
「アタシ、ハルモニっていうの！　お兄さんの名前は？」
「え……あ、俺は庄司……」
迫力に気圧《けお》されたまま名乗ろうとすると、いきなりクマの杖が俺の頭を直撃した。
「いてえええっ！」
「なーんて、アタシが人間ごときに自己紹介するわけないだろ！　うぬぼれるな！」
思いっきり自己紹介してるじゃん！
なんて、ツッコむ暇すらなかった。その少女……ハルモニは、俺の肩をどんと押しやる

と、そのままずんずん部屋に侵入していこうとする。
「こらこら、ちょっと待て！　人んちに勝手に入っていいと思ってるのか？　ライブ会場なら隣の隣駅だ！」
「うるさいんだよ人間！　ったく、アヤノがいつまでもグズグズしてるから、アタシがわざわざアリスを迎えに来てやったんじゃないか！」
「は……？」
アヤノ？　アリス？　……聞き慣れた名前が出てきて、俺は戸惑った。彼女たちとこのロリロリ娘とは、いったいどのような関係が？
「……お兄様？」
物々しい騒ぎを聞きつけて、アリスがひょいと顔を覗かせた。いかんいかん！　なんかよくわかんないけど、その子に見つかったらだめだ！
「……あ～ら、アリステル＝レスデルじゃない。いるんならさっさと出てきてよ。人間相手に手こずっちゃったじゃない」
「……ハルモニ？」
アリスの表情が一変した。瞬時に戦闘態勢を取り、いつ飛びかかってもおかしくないような殺気を漲らせている。
「アリス、だめだ！　早く隠れ……うあああああっ！」

俺の頭上に容赦なく鉄拳が下される。俺は生まれて初めて、目の奥から火花が散るというマンガみたいな経験を余儀なくされることとなった。
「なんだおまえ、アリスの下僕か？　貧弱なくせしてアタシに刃向かおうだなんて、よっぽど命知らずなんだね」
「許さない……お兄様を傷つける奴《やつ》は、絶対に許さない……」
アリスの瞳が紅蓮《ぐれん》のように燃えさかる。その長い髪が、絶対零度《ぜったいれいど》のオーラによって揺らめいた。俺がいままで一度も見たことのない、冷酷なまでに気高い横顔。
……だめだアリス。だってそのお腹の中には……！
俺はくらくらとする頭を抱えながら、渾身《こんしん》の力を振り絞ってハルモニに体当たりした。
しかし、俺の稚拙なたくらみなどとうに見透かしていたように、片手一本だけで動きを止められてしまう。とても少女とは思えないほどすさまじい力で、情けないことに腕を振りほどくこともできないのだった。
「おまえ、邪魔だなあ。そのアタマを潰《つぶ》されないと、バカが直らないみたいだね」
「やめろ！　お兄様に触るな！」
ハルモニは、もう片方の手でゆっくりと杖を振り上げた。アリスが飛びかかるよりも先に、クマの石頭が俺の頭にヒットしそうになったとき……ふいに一陣の風が俺の頭上を通りすぎたような気がした。

……あれ？

それ以降の光景はすべてスローモーションで、まるで夢の中の出来事のようだった。すべての意識がシャットダウンする直前……オレンジ色の髪が視界に入る。ツインテールの小さな頭。白と赤のパーカーを着た、利発そうな横顔……。

「――ハルモニ！　よくもアリステル様を！」

……その言葉を聞いたのを最後に、俺は完全に意識を失った。どこかで聞いたような声なのだが、思い出す気力もないほど、ハルモニから与えられた打撃は大きかったらしい。

自分で言うのもなんだけど、あまりにも情けなさすぎる幕切れだよな、これ……。

――俺はどうやら、幽体離脱してしまったらしい。

膝《ひざ》がふわふわとして、地に足がついてない感覚。だからきっとこれは幽体離脱なのだ。なにかと都合がよさそうなのでそう思うことにした。

ぼんやりとした頭で、部屋の中を見渡してみる。

うわ……こりゃひどいな。窓ガラスにヒビ入ってるし、観葉植物は倒れて土が散乱している。ああ、椅子《いす》も一脚壊れてるじゃん！　こりゃ帰国した母さんが見たら目を回しそうだ。……ていうか、そもそもどうしてこういう展開になったんだっけ？

ベッドのそばには、しくしくと涙で頬を濡らしているアリスの姿があった。そうだ、アリス！　大丈夫か、ハルモニにひどいことされなかったか⁉

「うぅ、未育……しっかりしてぇ……」

切れ切れと、そんな言葉が聞こえてくる。……未育ちゃん？　俺のベッドで寝ているのは、未育ちゃんなのか？

「未育ちゃん……どうして……」

「……お兄様、目が覚めたの？」

「え？」

きょとんとした表情のアリスと目が合った。あれれ、おかしいな。どうしてアリスは俺の姿が見えるのだろう？

「そうか、吸血鬼だからか」

「……お兄様、頭ぶつけておかしくなっちゃったの？　ふざけてないで一緒に未育を看病して！」

ぴしゃり、と言い放ったあと、アリスは再びベッドで寝ている未育ちゃんの手を握り締めた。

どうやら俺は、幽体離脱したわけでもなんでもなかったらしい。ただ単に気を失って、自然と目を覚ましただけなのだ。なるほど、道理で足下がフラつくと思った。

……という冗談はさておき。
俺はアリスの隣に腰を下ろし、満身創痍《まんしんそうい》といった様子で固く目を閉じている未育ちゃんを見守った。俺が意識を失いかけたとき……ハルモニ目がけて飛び出してきたのは、確かに彼女だったのだ。どういういきさつでそうなったのかはわからないけど、こんな小さい子にあとを任せて気絶するなんて、俺ってそうとうおめでたいヤツ。もしも時間を戻せるのなら、迷わずあの瞬間にタイムスリップしたい。
「……アリス、ごめん」
他に言葉が見当たらなくて、俺はぺこりと頭を下げた。
「ううん……アリスが、人間であるお兄様を巻き込んだのがいけなかったの。こんなに迷惑かけるつもりじゃなかった。ごめんなさい、お兄様」
「アリスが謝ることなんかないよ」
どちらにせよ、俺はこんなに大事なときにアリスを守ってやれなかったのだ。自分自身が恥ずかしくて、穴を掘れるものならいますぐ掘ってしまいたかった。
「あのね、もし未育が助けてくれなかったら、お兄様死んでた」
「えっ！」
いきなり衝撃的なことを聞いて、俺はすっとんきょうな声をあげてしまった。
「ハルモニが杖でお兄様の頭を殴ろうとしたとき、未育が間一髪のところで軌道を逸《そ》らし

てくれたの。だから気絶ぐらいですんだんだけど、まともに当たってたらたいへんなことになってた」
「そうなんだ……」
いまごろになって震えがくる。本当は俺、死んでたかもしれないんだ。てことは、未育ちゃんは命の恩人ってことか……。
「あ……それで、ハルモニは……」
「未育がなんとか撃退してくれたけど……」
その代償として、未育ちゃんは重傷を負うことになった。顛末《てんまつ》を聞かずとも、この状況を見ればだいたいの筋はわかる。
「アリス……お腹は大丈夫？　怪我《けが》しなかった？」
「……アリスは元気だよ。でも、未育が」
大粒の涙をこぼしながら、アリスはベッドに突っ伏した。俺が目覚めるまで、じっと自分を責め続けていたのかもしれない……そう思ったら、急に目頭が熱くなってきた。
「未育ちゃんを病院に連れていこう。大きな外傷はなくても、頭やお腹を打ってたらいけないし……」
「……だめなの」
頑《かたく》なな様子で、アリスは首を振った。

「どうして？　そりゃ確かに、俺は貧乏だけど……」
「そうじゃないの。だって、未育は……」
アリスが言いかけた瞬間……ベッドで寝ていた未育ちゃんのまぶたが、うっすらと開いた。俺とアリスは身を乗り出して、その様子をじっと見守る。
「未育ちゃん……？」
俺の呼びかけに、未育ちゃんは小さく反応した。どうやら意識はあるらしく、小さくなにかをつぶやいていた。
「……ごめんなさい、すべて私《わたし》が悪いんです」
いつもの未育ちゃんらしくない、大人《おとな》びた声。俺はいよいよわけがわからなくなった。
いま俺の目の前にいるのは、確かにあの未育ちゃんなんだよな？
そんな俺の表情を汲《く》み取ったのか、未育ちゃんは申し訳なさそうにまつげを落とした。
「お兄ちゃん……ごめんね。実は、ずっと黙ってたことがあるんだ」
「ムリに喋《しゃべ》らなくていいよ。いま救急車呼ぶから……」
「だめ……未育の身体、お医者さんじゃ治せない」
小さく首を振ってから、未育ちゃんははっきりと目を開けて俺を見つめた。
「未育はね……使い魔なの」
「……え？」

聞き慣れない言葉を耳にして、俺はアリスの顔を見た。しかしアリスは、無言のままじっと未育ちゃんを見つめている。
「うんと……正確に言うとね、未育の身体の中には、アリスお姉ちゃんのお母様の使い魔が憑依《ひょうい》してるんだ。でね、アリスお姉ちゃんになにかあったときのために、こうやって備えていたんだけど……」
「ちょっと待って。えーと……つまり、もともとあった未育ちゃんの身体に、その使い魔って人が乗り移ってるってことなんだよね。じゃあ、いま俺と喋ってるのは誰？」
「……これは未育だよ。うんと、ふたつの人格が同居してるって考えてくれるのが一番いいと思う……使い魔さんが言うには、未育とは波長が合うからこういうことができるんだって」
わかったような、わからないような。つまり、いつでもどっちかの人格を表に出すことができる、ちょっと便利な多重人格ってことだろうか？
「でも……どうして未育ちゃんの怪我はお医者さんじゃ治せないの？」
「それはね……未育と使い魔さんが、もう切り離せない状態にあるからなの。未育、少し前に大きな事故に遭ってね……使い魔さんが憑依してくれなかったら、とっくに死んでたと思う。……つまり、未育の身体は、もう普通の人間とは違うんだ」
そう言いながら、未育ちゃんは頭の猫耳《ねこみみ》をひょこっと覗かせてみせた。

……なるほど。非常にわかりやすい。
「アリスは、このこと知ってたのか？」
「……ううん、さっき未育から聞いて、初めて知った。まさかお母様が、アリスのために使い魔を出してくれてたなんて……」
うなだれたように、アリスはうつむいた。
「ごめんね……未育たち、ハルモニのことちょっと侮ってた。混血の吸血鬼だからって油断してたのかもしれない。ハルモニの主が死んだっていうのは聞いてたけど、自由を手に入れてからあんなに力を蓄えてたなんて……」
……そういえば。
ハルモニが言ってたこと、いまになって思い出した。
「なあ、未育ちゃん。ハルモニと綾乃ちゃんって、なんか関係があるのか？　さっきハルモニがぶつぶつ彼女のこと話してたような気がするんだけど」
俺がそう尋ねると、未育ちゃんは少しためらってから、ゆっくりと口を開いた。
「綾乃お姉ちゃんは……たぶん、ハルモニと主従関係を結んでる。あの様子だと、無理矢理契約させられたって感じだけど……」
「え……てことは、綾乃ちゃんって」
「うん……吸血鬼」

……えええええっ。
俺は頭を抱えた。ちょっと待てよ、じゃあ俺はここしばらく、人間じゃない人たちに囲まれて暮らしてたってことなのか？
「……おそらくハルモニは、綾乃お姉ちゃんを使って、アリスお姉ちゃんを手に入れようとしてたんだと思う。ずっと純血種の吸血鬼に興味を持っていたみたいだから」
「ああ、そう……」
一気に情報を詰め込みすぎて、俺の頭はオーバーヒートを訴えている。
えっと……未育ちゃんは、ずっとボディーガードとしてアリスのことを見守っていて。
混血種の吸血鬼であるハルモニが、純血種であるアリスを狙《ねら》っていて。
その手駒《てごま》として、ハルモニは下僕である綾乃ちゃんを使い、アリスを手に入れようとしていたってこと。
俺はにわかには信じられなかった。そりゃもう最初から信じられないことだらけだけど、あの心優しい、ちょっと臆病《おくびょう》な綾乃ちゃんが……まさか虎視眈々《こしたんたん》とアリスを狙っていただなんて。
絶対にそんなこと……信じたくなかった。
「……もう、ハルモニのことなんてどうでもいい」
それまでずっと黙っていたアリスが、ゆっくりとつぶやいた。

「アリスは、未育が元気になってくれればそれでいい！　ねえ、どうしたらいいの？　このままじゃ未育……死んじゃうよっ」

声高に叫ぶアリスを見て、俺ははっと我に返った。……そうだ、いまは目の前にいる、未育ちゃんのことだけを考えなきゃ。頭で理解できないことを悶々と抱えているより、いまここにいる確かな人のことを考えなきゃいけないんだ。

「……方法は、あるの」

未育ちゃんが小さな声でつぶやくと、アリスはがばっと顔を上げてベッドに乗った。藁《わら》にもすがる思いといった様子で、真剣なまなざしを向けている。

「なに？　アリス、なんでもする！　早く言って！」

「えとね……力を分けてもらいたいの。そうしたら、使い魔さんが自己治療できるって」

「え…………」

「なになに？　どういうこと？」

アリスと未育ちゃんは、ずっと顔を見合わせたまま固まっていた。なぜかふたりとも、恥ずかしそうに視線を逸らしたりして……。

「それってつまり……そういうことだよね」

「うん、そういうことです……」

「おいおいおい、ぜんぜん話が見えないよ。アリス、俺にわかりやすいように教えてく

れ！」
するとアリスは、一呼吸置いたあと、どことなく気まずそうに俺に告《つ》げるのだった。
「あー……うんとね。ズバリ正直に言うと、アリスと同じように、お兄様とえっちして精液を飲ませてもらえばオッケーなんだと思う」

——で、どうしてこうなるわけ？
俺は、すっぽんぽんになった未育ちゃんとアリスを見下ろしながら、深々とため息をついた。
もう、なんでもアリだ！とやけっぱちになるのは一番有効な手段だと俺も思う。だけど、俺はこれでも近い将来パパになる身であり……まだ式こそ挙げてないにせよ、体面的にでも、アリスに貞操を誓わねばならない立場だってこと。
それなのに、だ。
「お兄様、お願い……未育に精液飲ませてあげて！　アリスのせいで未育が死んじゃうなんて、そんなの絶対いや！」
「いや、でも……未育ちゃんの気持ちもあるだろうし」
「未育のことなら大丈夫……もっともっと長生きしたいし、お兄ちゃんのことも好きだし

ね。だからぜんぜん問題ないよ」
「そ、そう……」
これは、断じて快楽を求める行為ではない。人助けのためなのだ。
そう思うことで、俺は多少の罪悪感から逃れることができた……ような気がする。
でもなあ、精液飲んで能力《ちから》を回復することができるなんて……便利なんだか不便なんだか、俺にはもうよくわからないよ。
「じゃ、じゃあいくよ」
「うん……お願いします」
俺は裸の未育ちゃんをゆっくりとベッドに横たわらせ、そのカモシカのような幼い脚を開いた。なぜかはよくわからないが、未育ちゃんの背後でアリスが一生懸命愛撫《あいぶ》を手伝っている。
……ま、いいか。
「未育ちゃん……痛かったら言ってね」
「うん……優しくしてね、お兄ちゃん」
ぎこちなくうなずいてから、俺はパンツからペニスを取り出した。まずは入れるまえによく見てもらって、慣らしたほうがいいだろうな。
「わぁ……」

恥ずかしそうに、感嘆の声をあげる未育ちゃん。しかしアリスは、不機嫌そうにほっぺたを膨らませてギロリと俺を睨んだ。

「ねえお兄様、いつもよりおっきくしてない？」

「そ、そんな……だって、未育ちゃんを助けるためだろ？」

そう言うと、アリスはしゅんと黙り込む。ちょっと反則なような気もしたが、静かにしててもらうにはこれぐらい言っておかないとな。

「アリスお姉ちゃん、そんなとこキスしたらくすぐったいよ……」

「だって、未育の肌ってとってもキレイなんだもん。いっぱいキスしたくなっちゃう」

アリスは未育ちゃんの首筋に舌を這わせたり、吸いつくような動作を繰り返していた。なんだか俺ひとり置いてけぼりにされたような気がして、ちょっと寂しい。

「わぁ、未育のあそこって桜色してる……すっごいキレイ……」

ぱっくりと開いた陰部を見たアリスは、心から羨《うらや》ましそうにため息をついた。

「そ、そうかなぁ……」

確かにアリスが絶賛する通り、未育ちゃんのあそこは透明感のある桜色をしていた。アリスのあそこもキレイな色をしてるけど、それよりワントーン薄い感じ。ビラビラのつくりもフクザツじゃなくて、左右対称のシンプルなかたちをしていた。

……なんか、ものすごくイケナイことをしてるような気分になってきた。少女そのもの

を犯す背徳感……いや、別に犯すわけじゃないけどさ。
挿入するまえに、まずそっと陰部を指で撫《な》でてみる。処女というだけでなく、まだ未発達な幼い性器だ。じゅうぶんすぎるほどの愛撫をするのに越したことはない。
「んっ……あっ……」
やわらかいヒダの間を指でさすると、未育ちゃんの口から甘い声が漏れた。見た目の幼さより、ずっと艶《つや》っぽい声。
「やぁ……未育、ヘンな声出ちゃう……」
「ヘンじゃないよ。とってもかわいい声してる」
緊張をほぐすようにして、優しく囁《ささや》いた。
「ほんと……？」
「うん。もっと声出してもいいよ」
俺は大きく円を描くようにして、割れ目をくるくると撫で上げた。すると、表面がしっとりと湿っていた程度だった蜜壺《みつつぼ》から、しだいにあたたかい液体が滲み出してくる。
「未育、もう濡れてきたね……触られて気持ちいいんでしょ」
いたずらっぽくアリスが囁くと、未育ちゃんは恥ずかしそうに首を振った。……同時に、お尻《しり》から生えていた尻尾《しっぽ》も、ふりふりと先端を揺らしている。
……うう、かわいいぞ。なんだか新鮮な反応だ。

右手で蜜壺をいじりながら、ささやかな膨らみの乳房を左手で包んでみる。大きさこそないが、乳首は立派に勃起《ぼっき》して、その硬い頂を誇示していた。

「ひゃ……やっぱり、くすぐったいっ……」

「身体の力を抜いてリラックスすれば、だんだん気持ちよくなってくるよ」

そう言うと、未育ちゃんは素直に瞳を閉じてから深呼吸をした。アリスが髪を撫でてあげているおかげか、さっきよりずいぶん身体がやわらかくなったような気がする。

……しかし、こんな小さい穴の中に、果たしてペニスが入るのだろうか？

俺はその広さを確かめるようにして、人差し指の第一関節を差し入れてみた。

「痛っ……！」

「ごめん……でも、もう一回深呼吸してみて」

言われた通り、ふうーっと肺を膨らませている。そのタイミングでもう数センチ指を奥へと進ませてみた。

「あぅ……あっ……」

ほんの少し眉根を寄せたものの、さっきよりは痛みを感じてないようだ。俺は指をそれ以上入れずに、そのままの尺度を守って小刻みに出し入れを開始した。

「はぅ……あ……なんか入ってるぅ……」

「気持ちよくなってきた？」

「う……ん……お尻がムズムズしてきた……」
　腰をゆらゆらとくねらせながら、未育ちゃんは熱い吐息を漏らしている。きめ細かいシルクのような肌がうっすらと汗をかき始め、熱を帯びたせいで頬も真っ赤に染まっていた。
「じゃあ、次は指を二本入れてみるよ」
　不安げな色を浮かべたが、俺を信用してくれているのか、未育ちゃんはこくりとうなずいた。
　蜜壺を広げるようにして、中指をゆっくりと侵入させていった。人差し指の挿入で少し慣れたのか、最初のようなわだかまりは見当たらない。おツユもたっぷり出てきたこともあって、思ったよりすんなりと第一関節まで入れることができた。
「お兄ちゃん……入った？」
「うん、ちゃんと入ったよ。未育ちゃんは偉いね」
　笑顔で褒めてあげると、未育ちゃんは照れたようにはにかんでみせる。自分が少しずつ大人になろうとしていることを、実感しているのかもしれない。
　無事に二本の指を入れたところで、俺はさっきよりも激しく上下にこすり上げてみた。
「んっ……はぁ、あ、あふぅ……！」
　やはり、時間が経つにつれて圧倒的にすべりがよくなってきている。多少指が深く入っても、未育ちゃんは痛そうな顔をしなくなった。それどころか……むしろ女の悦《よろこ》びを見出

したような、甘さを帯びた苦悶《くもん》の表情さえ浮かべるようになっている。
「ひゃんっ、あ、う、動いてるぅ……！」
「……未育ちゃんのおまんこの中、どろどろに溶けてるよ。けっこう感じやすいんだね」
「違うのぉ……勝手にお汁が出ちゃうの……ひゃぁぁんっ！」
蜜壺の中で指がしっくりと馴染《なじ》んできたのを見計らって、今度はクチュクチュと回転させるような動きを加えてみた。案の定、二本の指で窮屈そうだった膣口が、ほんの少しずつ広がっていってるような感触を覚えた。
「うぅん、いいなぁ未育ちゃん……アリスもお兄様と遊びたい」
未育ちゃんの乳首をいじっていたアリスが、唇を尖《とが》らせながら俺にねだってくる。
「だーめ。いまは未育ちゃんを元気にすることだけ考えなくちゃ」
「はぁ～い」
いつもはワガママなアリスもさすがに今回だけは素直に言うことを聞く。いつもこうだったら、どれだけ楽かわからないのにな。
「お兄ちゃ……ん……そんなに動かしたら、おトイレ行きたくなっちゃう……！」
前後だけでなく、左右の移動や回転を交えた指の動きに身体がついていかないのか、切なる声で俺に訴えた。しかし俺は、指を止めることはしない。優しくするだけじゃ、本当の快楽を掴むことはできないのだ……って、俺こそ本来の目的を見失いそうになってるな。

「もっとおっきいのがここに入るんだから、じっと我慢しなくちゃだめだ」
「ひぁ……ムリだよぉ……これ以上おっきいの、入らないっ……」
そうは言いながらもくわえ込んでしまうのが、女体の神秘。
俺は、そっと陰部から指を引き抜き……ペニスの先端をあてがってみる。
「はぅっ⁉」
指とは明らかに違う感触に驚いたのか、未育ちゃんは上体を起き上がらせて自分の陰部を覗き見た。しかしアリスはそれを許さず、がばっと背後から抱きついて身体を倒してしまう。
「そろそろいくよ……」
「ひぁ……怖いよぉ……」
ぶるぶると震える太ももを撫でながら、俺はゆっくりと腰を沈めていった。だが、まだ未成熟なだけあって、なかなか先に進もうとはしない。
「い、痛いよぉ……お兄ちゃん痛いっ！」
「うん、わかった、もっとゆっくりやるね……」
ちょっと性急すぎたかもしれない。一呼吸置いたあと、俺は再び開かずの門へと立ち向かう意志を固めた。入り口部分はだいぶガードがゆるまったはずだから、もう少しがんばれば必ず道は開けるはずだ。

「未育ちゃん、ゆっくり息を吐いて……」
「だいじょうぶだよ未育。痛いのなんてあっというまだから……」
未育ちゃんはぎゅっとアリスの手を握り締めている。さすが経験者、的確なアドバイスだ。
「う……あ……あぁ……痛い……」
ミリ単位で、ゆっくりと時間をかけて腰を進めていく。さすがに膣道は狭くて、俺のぱんぱんに膨れあがったペニスの先端を押し入れるだけでも苦労した。
それでも、やがて固く閉ざされた門はぷちんと開かれ……その手応《てごた》えを感じたとき、俺はこみ上げる達成感に、小躍りして喜んでしまいそうになった。
「未育ちゃん、入ったよ……！」
「うぁ……あ……入ってる……っ！　お兄ちゃん、入ってる……！」
涙を目に浮かべながら、未育ちゃんは笑顔を見せた。アリスもまたもらい泣きしてしまったのか、服の袖《そで》で必死に涙を拭っている。
「ねえお兄ちゃん……未育、大人の女になったの？」
「うん、そうだよ……未育ちゃんは立派な大人の女性になったんだ」
俺は、肉棒をみっちりと包む膣道の締めつけを感じながら、なじませるようにして少しずつ腰を動かし始めた。ペニスと陰部のつなぎ目からは、一筋の赤い血が流れ落ちている

第四章　御使い来たりて

のが見える。
「くぅ……あ……あぁっ……!」
　まだ痛みがあるのか、ぎゅっと目を閉じながら堪えている様子だった。俺はムリに刺激を与えないように、できるだけ優しい動きを思案してみる。間違ってもゴツゴツと突き立てることはしないで、ねちょねちょと愛液が絡みつく感触を楽しむように、小刻みに腰を揺らすようにした。
「……未育、アリスとキスしよう」
　アリスは痛みを和らげようと考えたのか、くいっと未育ちゃんの顎を持って唇を重ねた。赤い舌がちろちろと口内を這い、未育ちゃんもまたそれに応えようとしている。ふたりの少女が舌を絡め合う光景を見て、俺は例えようのない興奮を覚えていた。
「んっ……ちゅ……んぷ……ちゅぱ……」
　意識がそっちに逸れて痛みを忘れたらしく、やみくもにペニスを締壺の中がやわらかくなってきた。やみくもにペニスを締

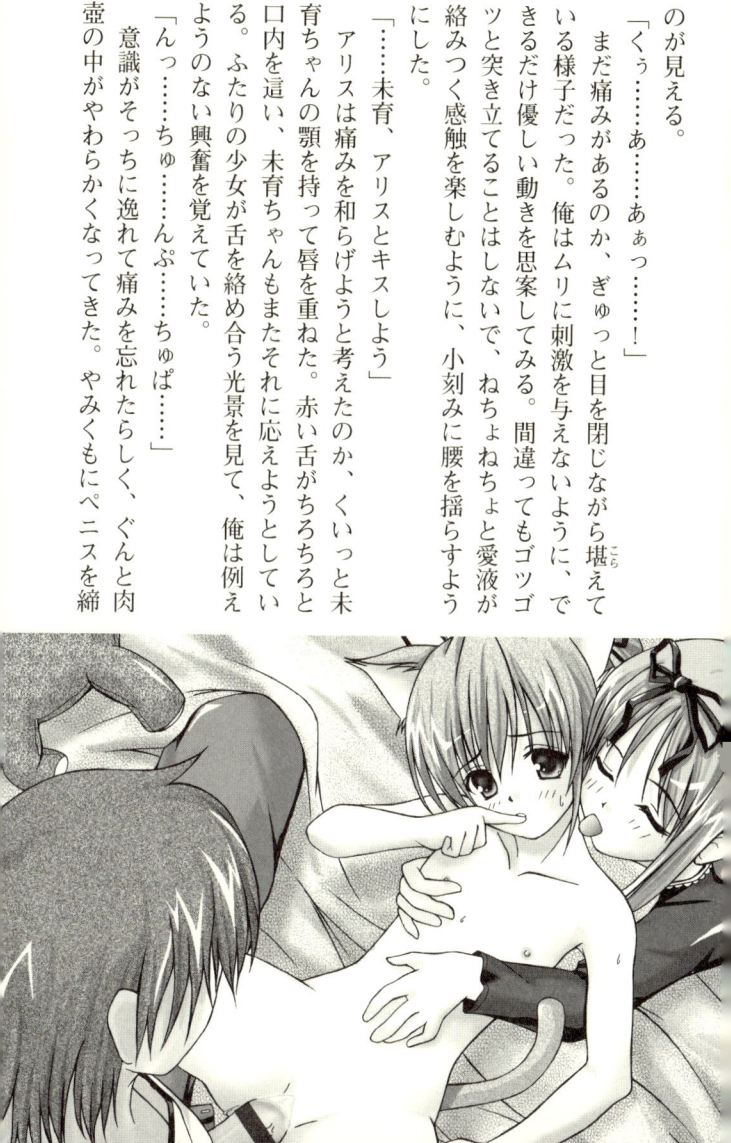

めつけようとしていた肉壁は柔軟なうねりを見せ、ねっとりとなぶるかのような動きへと変化していく。
「んちゅっ……ちゅぱっ……んぱ……あぁっ、すっごい……！」
やがて陰部からはふつふつと透明な蜜が溢れ出し、俺のペニスの根元までてらてらとコーティングさせた。未育ちゃんのカチンコチンだった脚の関節は、いまでは縦横無尽な動きを取り戻し、ペニスで突くたびにどんどんふくらはぎが高い位置へと上がっていく。
「んちゅ……ちゅっ……お兄ちゃん……未育のあそこ……んん……ちゅっ……熱くなってきちゃったっ……」
「俺のおちんちんも、気持ちいいよ……未育ちゃんがいっぱい締めつけるから」
「未育、なにもしてないよっ……ちゅっ……んぱっ……ちゅぱ……勝手に、締まっちゃうんだよっ……」
そうはいっても、ものすごい勢いで締まるのだから仕方ない。ただでさえ狭いのに、息を吸うたびにキュッキュと膣が収縮するものだから、俺は歯を食いしばって快感を遠ざけなくてはならないのだ。
「あん、お兄ちゃんっ、あぁぁ、気持ちいいっ……！」
未育ちゃんの腰がだんだん俺に合わせて動き始めた。さっきまでの痛みはどこへ消えたのやら、もっと動いてとばかりに絡みついてくる。

一ミリの隙間《すきま》もなくペニスを粘膜で包み込まれ、全身が粟立《あわだ》つような快感を覚えた。こってりとした愛液が亀頭にまとわりつき、ゼリー状の肉ヒダが侵入者の来訪を歓迎するかのように表面を震わせる。蜜と肉が一体となって、ごちそうをせがむかのようにせわしなく蠢《うごめ》くのだった。

「あふぅっ……お兄ちゃんの、奥まで入ってるよっ……ちゃんと届いてるっ……！」

「未育ちゃん……もうすぐ出るから……お口開けててね……」

「うんっ……未育、お兄ちゃんのいっぱい飲むっ……！」

膣の最深部にペニスを突き立てながら、俺は迫り来る快楽の波を一身に受けていた。腰と腰が激しくぶつかり合う。自分の限界までスピードを上げ、頭の中でなにかが暴発したとき……すぐそこまで、強烈な射精感を迎えようとしていた。

「行くよ、未育ちゃん……！」

「あぅっ……お兄ちゃん……あぁあぁぁっ……！」

俺は精液を放出する直前で腰からペニスを引き抜き、未育ちゃんの顔を目がけて思いっきり射精した。濃縮されたシロップが小さなおでこや鼻や口を白く彩り、未育ちゃんもまた口を大きく開けて精液というパワーを逃さんばかりに吸い取っていく。

「あふいっ……ふごくあふいおっ……」

まるでパックしたかのように顔をべとべとにした未育ちゃんは、飛び散った精液を指で

舐めながらびくびくと内股《うちまた》を震わせていた。
「……すごい量。いつもより多いみたい」
そんな様子を見ていたアリスが、わざと俺に向かってつぶやいた。
「……だ、だって、多いほうが未育ちゃんにいっぱい力をあげられるだろっ」
苦しまぎれにそう答えると、ぜいぜいと息を吐きながら未育ちゃんは無邪気な笑顔を浮かべた。
「うん、お兄ちゃんのいっぱいもらって元気が出てきたよっ……えへへ、なんだかクセになりそう」
「……こらっ、未育！　今回は特別なの！　あんたは使い魔なんだから、アリスの言うこと聞かないとだめなんだからね！」
「え〜、未育はお母様の使い魔であって、アリスお姉ちゃんの下僕じゃないからいいんだもん」
「……な、ななな に言ってんの！　お兄様はアリスのなんだから、絶対だめっ！」
「いてぇ！」
アリスにむぎゅっと股間を握られ、あまりの痛みに俺はベッドから転げ落ちた。
本来なら人助けをしたという達成感で胸がいっぱいになるところなのだが、俺は非常にフクザツな気持ちで、カラカラになった股間を押さえるのだった。

第五章　決戦の日

「……たぶん、ハルモニはまたアリスお姉ちゃんを狙《ねら》いに来ると思う。未育が守ってあげられるのが一番いいんだけど、もし未育になにかあったら……お兄ちゃん、迷わずこれを使って」

そう言って、未育ちゃんは俺《おれ》に拳銃を渡した。

てのひらに収まるほどの、小さな銃。青黒く光る銃身に双頭の鷲《わし》が彫り込まれた白いグリップのそれは、本当に吸血鬼を殺傷できる能力があるのかと疑わしくなるほど、調度品のような美しさを誇っていた。

まるで現実感のない輝きを手にしながら、俺は人間であることの弱さを噛《か》みしめた。こんなものに頼らなければ、俺はアリスひとりですら守れないのだということ。そして一番問題なのが、こんなものをもってしても、まるで吸血鬼という存在にかなう気がしないということ。

……つまり、身体的な能力以前に、精神面が起因しているんだよな。

自分が誰《だれ》かを守るだなんて、いままで考えたことなかったけど。

失いたくないものが、ひとつ……いや、ふたつできたいまとなっては、もう自分の殻に閉じこもったままではいられないのだ。

俺はポケットの中の銃を握り締める。……しかし、てのひらにじっとりと滲《にじ》む汗のせいで、うまくグリップを掴《つか》むことができなかった。

ハルモニが俺の目の前に現れたあの日から、綾乃ちゃんは姿を消した。
隣の部屋のインターホンを何度鳴らしても、応答が得られることはなかった。部屋にいないのはわかった上で、あえて未育ちゃんにマスターキーを使って中を調べてもらったけど、やはり結果は案の定……といったところで。
彼女がどこに消えたのかはわからない。ただ、ハルモニのもとにいるのは間違いないだろう。主従関係を結んだ以上、綾乃ちゃんにとってハルモニの命令は絶対だから。そう、未育ちゃんは俺に言った。
「綾乃ちゃん、ずっとハルモニに操られたままだったのかな。優《やさ》しくて、自分に自信がないことをずっと気にしてて、俺の言葉に小さく笑ったりして……あれも全部、アリスを手に入れるための作戦だったのかな」
「……お兄様、綾乃のことずいぶん気にしてる」
ぱくぱくとごはんをかきこみながら、アリスは例によって不機嫌《ふきげん》そうな声を出した。俺が用意した朝食もほんの数分できれいにたいらげ、いまでは俺が残したぶんのごはんにまで手をつけている。日に日に食欲が増しているような気がするのは……やっぱり子供とふたりぶんの栄養、ってことなんだろうな。

「そりゃ、お隣さんだったんだもの……気になるよ。ヘンな意味じゃなくてさ」
「たぶん、一日中、心を操られていたわけじゃないと思う。ハルモニは確かにすっごい能力の持ち主だけど、混血種ができることには限界があるから……そこまで長時間暗示をかけ続けることはできない」
そうか……じゃあ、俺と話していたときの綾乃ちゃんは、素の状態だったって考えてもいいのか。そう言われてみれば、いまになって考えてみると、異変を感じることがときどきあったよな。頭痛を訴えたり、妙に魂が抜けたような表情をしたり……あれもすべて、ハルモニの能力が原因だったのかもしれない。
「とにかく、お兄様はそんなことまで考えなくてもいい」
アリスは箸《はし》を置いて、俺の顔を見つめた。
「人間であるお兄様に、これ以上迷惑はかけられない。これはアリスとハルモニの問題だから、近いうちに必ず決着をつける」
「……なに言ってんだ、そんなのだめに決まってるだろ。アリスのお腹《なか》の中には、俺たちの子供がいるんだから」
「……わかってる。でも、そんなのおかまいなしに仕掛けてくるのがハルモニってヤツだもん。なんとかうまい方法を考える。……殺《や》られるまえにね」
平然とそんなことを口にしながら、アリスはぐびっとお茶を飲み干した。

——だめだ、アリスはハルモニと真っ向から勝負するつもりだ。ハルモニは純血種であるアリスを研究対象に使いたいというのが目的だから、もともと命を奪うつもりじゃないとは思うけど……自分の身に危険を感じたら、間違いなくアリスに手を下すだろう。

……お腹にいる子供の存在も知らず、一度にふたつの生命を断つ。俺は膝《ひざ》がガタガタと震えるのを止めることができなかった。

絶対に、アリスを危険な目に遭わせるわけにはいかない。

そうは思うのだけど、具体的な解決策を見つけることができなくて……また数日が経とうとしていた。

「……ねえ拓馬くん、私《わたし》が渡した文献、ちゃんと読んだのかしら？」

電話を取った俺に、開口一番そう言ったのは……汐月さんだった。

そうだ、すっかり忘れていた！　いや、忘れていたわけじゃないけど、そこまで気が回らなかったというべきか……まあつまり同じことなんだけど、文章によって情報を得るよりも、日々の展開の早さについていくのが精一杯だったというわけだ。

そんな罪悪感も手伝って、俺は汐月さんに言われるままに近所の公園に来ていた。資料を集めてくれたお礼もちゃんとしてなかったというのもあるけど……。

もしかしたら、汐月さんは綾乃ちゃんのことについてなにか知っているのかも。根拠などなにもないが、以前……彼女たちがばったり鉢合わせたときに感じたもの。まるで初対面とは思えない緊迫したなにかが、俺にそう告《つ》げているのだった。
「どうしたの？　ずいぶん浮かない顔してるわ」
汐月さんは俺の顔を見るなり、怪訝《けげん》そうな表情を浮かべた。
……ひとけのない、夕暮れ時の公園。数羽の鳩《はと》がエサをねだるような目つきで俺たちをチラチラと見ている他は、誰もいない。
「……うん、ちょっといろいろあって」
「アリスちゃんのこととか？」
どきっ。
汐月さんの口からダイレクトにその名前がでると、妙な気分になるというか……ついいろいろ言い訳したくなってしまうのはなんでだろう。
「ま、まあ、そういうこと、かな？　ところで汐月さん、資料いろいろありがとう。お礼に、今度ランチでも……」
「ねえ、拓馬くんにとってアリスちゃんって、いったいどういう存在なの？」
「え……」
問いつめるような口調に、俺は言い淀《よど》んだ。

どういう存在って言われても。恋人……になるのだろうか。いや、それを通り越しても う奥さんと呼んでもいいのかもしれない。母さんが帰国したら、まず真っ先にそのことを 告げて、とりあえず籍だけ入れて……って、思ってた。あ、でも吸血鬼に戸籍なんてある のだろうか？

「やだ、顔が赤くなってる。……つまり、そういう関係って受け取ってもいいのかしら？」

「あ……えっと、うん」

いまさら隠し立てしても仕方ないし。俺は口ごもりながらもうなずいた。

「本当に？　……ねえ拓馬くん、私の目を見てしっかり答えて」

「ほ、本当だよ……アリスは、俺の……」

——俺はその瞬間、金縛りにあったような感覚にとらわれた。

汐月さんの目を見た瞬間……身体《からだ》がまったく動かなくなる。そのグリーンがかった妖《あや》し いまなざしにとらわれ、呼吸をすることもままならないのだ。

「なにを……」

こんな感覚、以前もあったような気がする。そう、あれは確か、綾乃ちゃんの部屋の前 で……。

「いいの。拓馬くんはそのままじっとしていて。私が全部してあげるから……」

汐月さんは俺のジッパーに手をかけると、ゆっくりと楽しむようにして下ろしていった。

そしてパンツの中から、半勃《はんだ》ちになった俺のペニスを抜き取る。
「ゆ、汐月さん……！」
「あら……あの子の精神支配ってけっこう強いのね。まあいいわ、すぐに大きくしてあげる」
そう言いながら、驚いたことに……汐月さんは、俺のペニスを口に含んだのだ。
「う……！」
わけもわからぬまま、俺はうめいた。汐月さんのなめらかな舌が亀頭《きとう》を這《は》う。たっぷりと唾液《だえき》を乗せながら、まるで高級な珍味を味わうように、ぬちゃぬちゃとしゃぶりついていく。そのなまめかしい舌の動きで、俺のペニスは意思とは反対にどんどん硬さを増していくのだった。
「んぷっ……ん……おいしい……やっぱり私の思った通り……」
「やめてくれ……汐月さん……っ」
抵抗したいのに、依然として身体は動かないままだ。俺はどうすることもできなくて、目の前で繰り広げられている光景を、ただ黙って眺めているだけ。
その赤い舌先が、今度は裏筋をつらつらと舐《な》め上げる。ねぶるような動きに、俺はつい熱い吐息を漏らしてしまう。違う……こんなつもりじゃないのに。快楽を貪《むさぼ》るつもりなんて、まったくないのに。

第五章　決戦の日

「んちゅ……んぷ……んちゅちゅちゅっ……」

やがて汐月さんは、大きく口を開けてぱっくりと根元までくわえ込んだ。まるでじらすこともせず、根元から先端へ、じゅぽじゅぽと上下に頭を揺り動かしている。

突然激しい動きを加えられた俺は、こみ上げてくる射精感と闘うことで精一杯だった。だめだ、出すわけにはいかない。だって、俺にはアリスが……！

「や、やめてくれ！」

アリスの顔を思い出した瞬間、俺はすべての自由を取り戻した。その熱いぬかるみの中からペニスを引き出し、汐月さんの身体をどんとはね除《の》ける。

「きゃっ！　……どうして？　いったいどうやって邪視を解いたの？」

呆然《ぼうぜん》とした様子で、汐月さんは俺を見上げた。そんなこと言われたって、俺にはよくわからない。ただアリスの顔を浮かべたら、勝手に腕が動いただけだ。

「汐月さん……いったいどうしたの？　さっき俺の目を見て、ヘンな力を使ったよね」

見る者を石化させるような瞳《ひとみ》の力。……あれは、確かに綾乃ちゃんが俺に使ったのと同じ能力だった。

……いまさら驚くまでもないことだけど、もしかして汐月さんも……。

「そう……私もアリスちゃんと同じ。もっとも、混血種だけどね」

「やっぱり……」

「あら、ぜんぜん驚かないのね。それはそれで張り合いがないわ」
きょとんと目を丸くして、汐月さんは言う。おいおい、そんな冗談言ってる場合じゃないっての。……ていうか、こんな状況に順応しすぎてる俺がおかしいのか。
「ねえ、なんでこんなことしたの？　その……俺の……」
おちんちんを舐めるだなんて。やっぱりアリスと同じように、お腹が空いていたのだろうか。だったら俺みたいな冴《さ》えない男より、もっと他にいい男を選んでもよさそうだけど。
「拓馬くんと主従契約を結びたかった……ううん、ちょっと違うわね」
少し考えてから、言い直す。
「拓馬くんのことが好き。だから、邪視を使ったの。心がアリスちゃんにあるなら、せめて身体だけでも自由にさせてほしかった……」
「え……汐月さんが、俺のことを……？」
……たぶん、彼女が吸血鬼と知ったことよりも驚いている俺。ありえない。だって、汐月さんは俺から見ると雲の上のような存在で、男子生徒の誰もが憧《あこが》れるような人だった。
そんな彼女が俺のことを好きだなんて。
――吸血鬼の存在よりも、ありえない話。
「驚いたわ。あなた、綾乃に邪視をかけられていたでしょう？　おそらくハルモニに操られていたんでしょうけど……私にはわかるの。あの人もあなたのことが好きだってことを

ね。きっと、異能を使ってでもあなたの心を手に入れたかったのだと思う」
それはいくらなんでも考えすぎだろう、と思ったが、口に出せる雰囲気《ふんいき》じゃないのでやめておいた。でも……やっぱり汐月さんは、彼女のことを前から知っていたんだ。
「……ねえ、汐月さんと綾乃ちゃんは、いったいどういう関係なの？」
「そうね……身内のようなものかしら。吸血鬼なんて、そうごろごろ日本にいるわけじゃないのよ。だから彼女のことはずっと前から知ってた。……これぐらいの説明でいいかしら？」
そうごろごろいるわけじゃないって……現に俺の周囲にはそんな人ばっかりなわけですが。
「じゃあ……汐月さんは、綾乃ちゃんがいまどこにいるのかわかるの？」
「そんなこと聞いてどうするつもり？」
厳しいまなざしを浮かべて、汐月さんは俺を見上げた。
「綾乃を救うため？　それとも、愛しのアリスちゃんを守るため？」
改めてそう聞かれて、俺は少し言い淀んだ。そう……アリスのことを守りたい。綾乃ちゃんのことも救いたい。よくばりな願いだっていうのは、じゅうぶんよくわかっているけど。
……本当は、自分自身を試してみたいのかもしれない。いざというときに大切な人を守

ることができる素質があるのかどうか、俺自身を試してみたいのだ。
「うんと……うまく言えないけど、きっと自分に自信を持ちたいんだと思う。我ながらエゴまるだしな答えだと思うけどさ」
汐月さんはなにも言わず、黙って俺の話を聞いている。
「自分に自信を持てて初めて、アリスや他の大切な人たちを守ることができると思うんだ。もちろん、ハルモニと戦って、俺が無傷でいられるはずはないと思うけど……せめてこれ以上悪さができないくらいの、致命傷を与えることができればって思ってる」
俺はポケットの中の拳銃を握り締めた。……大丈夫、俺は震えてなんかない。
「相手は人間じゃないのよ。それでも戦う気？」
「そんなのは重々承知だよ。俺にとって、アリスに手出しするヤツは、人間でも吸血鬼でもあんまり関係ないからさ」
「そう……」
汐月さんは深々とため息をつきながら、立ち上がった。そして美しい夕焼けを瞳に映しながら……ゆっくりとつぶやく。
「ハルモニは、町はずれの教会をねじろにしているわ。おそらく……綾乃もそこにいるはず」
「ほ、ホントに……？」

俺の脳裏に、ある教会の絵が浮かんだ。たぶんあそこだろう。急げばものの十五分くらいで到着するはず。

「でも、あなたひとりじゃムリ。私も行くわ」

「そんなのだめだ、汐月さんまで危険にさらすわけにはいかない！　……いや、俺ひとりで行かせてほしいんだ。これは、俺自身の問題だから」

「そう……そこまで言われると、私もムリにとは言えないわね」

俺は立ち上がって、汐月さんにぺこりと頭を下げた。ありがとう……今日、ここで汐月さんに会わなかったら、俺は一生タイミングを外し続けて自分自身を試そうとは思わなかったかもしれない。

「死なないでね。アリスちゃんのためにも」

「うん。わかってる」

「……まあ、そのポケットにある拳銃があれば、なんとかなるかもしれないわね。うまく使いこなせるかどうかわからないけど」

汐月さんはそう微笑《ほほえ》みながら、ひらひらと俺に手を振った。……なんで俺が拳銃持ってるってわかるんだ。吸血鬼の嗅覚、おそるべし。

俺はもう一度ぺこりと頭を下げてから、走り出した。

もともと、拳銃になんて頼ろうとはしていない。だって俺……モデルガンでさえ、ろく

に触ったことがないんだから。
——鬱蒼《うっそう》と生い茂った木々に囲まれるようにして、その教会はあった。
幼い頃《ころ》に、親に連れられて何度か礼拝に通ったことはあるけど……あれからもう何年も足を運んでいない。ひどく老朽化しているようだが、いまでもまだそれなりに利用されているのか、看板に礼拝やゴスペルコンサートの催し物を知らせるチラシが貼《は》ってあった。
この中に、ハルモニと綾乃ちゃんがいるのか。
俺はステンドグラスをほどこしたドアの前に立ち、深呼吸をした。まあそんなに緊張しなくてもさ、話せばわかってくれるかもしれないし。アイスクリームでもおごれば、案外なついてくれるかもしれないぞ。……などと、ありもしない妄想を膨らませて、なんとか平静を保とうとする俺。あまりにバカ。
「まあ、来ちゃったもんは仕方ないか……」
俺はドアに手をかけ、ゆっくりと開いた。中を覗《のぞ》くと、ステンドグラスの灯《あか》りだけが内部に差し込むだけで、あまりはっきりと様子をうかがえない。
おーい、誰かいますかー？　いたらいたでちょっとイヤなんだけど……。
「こら、そこの人間」

「うわあああああああああああっ！」

背後から声をかけられ、俺は嘘《うそ》じゃなくて三メートルほど飛び上がった、ような気がする。とにかく、それぐらい驚いたのだ。

「は、ハルモニ……！」

なんだよなんだよ！　背後から現れるなんて反則じゃないかよ！

「気安く呼び捨てにするな。つか、邪魔だからそこをどけ」

ハルモニは俺のことなど意に介さず、つかつかと中に進んでいく。……もちろん、例のクマの杖《つえ》を握り締めながら。

「あの……ちょっとお話が」

「ばっっっっっっかじゃないの？　なんでこのアタシが、おまえみたいな貧弱な人間とお話ししなくちゃなんないんだよ」

ハルモニは不機嫌そうに、祭壇の前に立つ。彼女の立場からすれば、至極まっとうな意見だった。かといって、俺がしぶしぶその意見を飲むわけにはいかない。

「……綾乃ちゃん？」

部屋が暗くて、よく見えなかったが……確かにハルモニの後ろのほうに、綾乃ちゃんが立っている。いつもの制服とは違う、赤と紫を基調とした不思議な衣装だった。胸元には大きなクロスがあしらわれ、ダイヤ型に開いた胸元から、その豊かな谷間が覗いている。

アリスやハルモニが着ているようなのと似てるけど……吸血鬼の私服って、ひょっとしたらみんなこういう感じなのかも。
「綾乃ちゃん、俺だよ、庄司だよ！　わかる？」
必死に呼びかけてみるものの、綾乃ちゃんは視線すらよこさない。まるでその身体の中に、自分の意識が存在していないかのように。
「ムダだよ。いま暗示がかかっている状態だからね。アタシがいいと言うまでは、コイツは一歩たりとて動けないだろうよ」
「君は……綾乃ちゃんの自由を奪って、その上アリスまで手に入れようとするだなんて、自分のしていることがおかしいとは思わないのか！」
俺がそう叫ぶと、ハルモニは鼻で笑いながら、杖で大きく地面を突いた。
「はぁ～？　おまえだって、いつまでも同じおもちゃじゃ飽きちゃうだろ？　新しいおもちゃを見つけたら、それを欲しいと思うのはあたりまえのことじゃないか」
「人間はおもちゃじゃない！」
「人間じゃない、吸血鬼だよ」
「わ、わかってる……それでも、人の心を思い通りにするなんて、絶対に許されることじゃないんだ！」
「あーもう、うるさいなあ～。だってこの女、下位種《レッサー》なんだもん。ペットだってさ、雑種

より血統書付きのほうがいいだろ？」
……だめだ、こいつは綾乃ちゃんやアリスをヒトだと思っていないんだ。それこそ……ペットと同じ感覚で考えてる。
「アタシさ〜、おまえのこと、アリスの下僕だと思って優しくしてやったつもりなんだよ？　……でももういいや。おまえうざい。消えろ」
ハルモニは凍《い》てついた笑みを浮かべながら、持っていた杖を大きく掲げた。空気の温度が急に下がったような感覚。やがて杖の先についた大きなクマが燐光《りんこう》を放ち、直視できないほどの光の渦をつくり出す。
「……痛みもないくらい、楽に消してやるよ。やっぱアタシって優しい〜っ」
「ふ、ふざけるな！」
俺はポケットの中から拳銃を取りだし、ハルモニへと銃口を向けた。
「……うぁ、ダブル・デリンジャーじゃないか！　ずいぶんと年代物の銃を手に入れたもんだね」
ハルモニが驚いたように言う。どうやら多少の効果はあったらしく、ほんのわずかだが背後に下がったような気がした。
「妙な真似《まね》すると、撃つぞ！」
「やだぁ〜、さすがのアタシも、それはちょっと困るんだよね。仕方ないなぁ……おい、

第五章　決戦の日

人間。こっちこっち」

手招きされて、俺はついハルモニの目を見てしまう。その瞬間……さっき汐月さんにやられたのと同じように、身体が動かなくなる。

……ああああああ。俺、俺ってなんてアホなんだ⁉　同じ手に三回も引っかかるだなんて、ホントにどうかしてるとしか思えない！

俺は、青くけぶるハルモニの瞳から視線を逸《そ》らすことができなかった。綾乃ちゃんや汐月さんのそれとは、まるで比べものにならないくらい……強力な意志。

「おっけーおっけー。はい、そのまま銃口を自分に向ける～」

「や、やめ……」

ギリギリギリ……と、勝手に腕が動いてしまう。だめだ、まるで自分の意思を介入させることはできない。指がへんな方向にねじ曲がり、冷たく光る銃口が俺の額を狙う。

「どうする？　いますぐ死にたい？　それともカウントダウンしてやろうか？」

「ぐぐ……」

「……返事ぐらいしろよ、つまらないなあ。じゃあアタシが数をかぞえてあげる。はいいくよ～、さーん、にー、いーち……」

――ゼロ！

俺はそのとき、死を覚悟して目をつぶった。銃口が火を放ち、きっと俺の頭蓋骨《ずがいこつ》をぶち

抜くはず。自分で自分を殺《あや》めるなんてお笑いぐさだ。一番最悪の死に方。
アリス……ごめん。俺、やっぱり無謀だったよ。生まれてくる子供にはなにもしてやれなかったけど、きっと俺の母さんが、君の力になってくれる……は……ず……？
「こーーーらーーーー！　ハルモニーーーーー！」
俺が引き金を引こうとしたそのときだった。……背後のドアから、未育ちゃんの声が聞こえてきたのは。
「……なんだよなんだよ、いいところで邪魔すんなっつーの」
「ったくもー、お兄ちゃん！　勝手にひとりで行動するなって、あれほど言ったのに！」
俺はその姿を確認したかったが、まだ邪視が効いたままだったので振り向くことができなかった。でも……それは確かに未育ちゃんの声。身体が自由だったら、きっとへなへなとその場に座り込んでいるところだった。
「……お兄様……」
「アリス……？」
未育ちゃんの声に続いて、聞き慣れた声が耳に届く。バカ、どうしてアリスがこんなところにやってきたんだ！
「未育ちゃん、どうしてアリスを連れてきたんだ！」
「ごめん……汐月のお姉ちゃんから話を聞いて、ホントはひとりで来るつもりだったんだ

けど……」

「アリスがムリについてきたの。だって、お兄様を死なせるわけにはいかないもの」

毅然《きぜん》とした口調で、アリスは言った。……あぁ、汐月さん。もしも生きて帰ることができたら、絶対に宿題のレポート押しつけてやる。

「ちょっと～、おまえたち、勝手に井戸端会議始めないでよね！　……まぁいい、わざわざアリスが遊びに来てくれたんだもん。しっかり歓迎してあげないとね！」

ハルモニはそう言いながら、ゆっくりと手を挙げた。そして俺を指さし……銃口の向きを変えさせる。

俺の額を狙っていた銃口は、やがて大きく右手を向き……未育ちゃんの立っている位置を、しっかりと照準に定めた。

「……ハルモニ！　おまえが狙ってるのはこのアリスでしょ！　お兄様の暗示を解きなさい！」

「ほらほら、一歩も動くなよ。動いたら……そこの猫耳《ねこみみ》娘の頭に風穴が空いちゃうから」

飛びかかろうとしていたアリスは、唇を噛みしめながらその場に立ちすくむ。

「アタシ、世の中でいちばんなにが嫌いかって、能力のないヤツなのね。特に人間とか使い魔とか、たいしたこともできないのにムダ吠《ぼ》えが多すぎるんだよ。アタシのためにも早く消えてもらいたいもんだわ。そら」

俺の指に力が入り、ゆっくりと引き金を引き始める。……やばい、このままじゃ未育ちゃんが……でも、俺にはこの強大な力を振りきることができない！

「未育ちゃん……逃げて……」

「だーかーらー、動いた瞬間に撃つって言ってるじゃん。ま、動かなくても撃っちゃうけどね」

「なにっ……卑怯《ひきょう》だぞ、ハルモニ！」

「うっさい！　ここはアタシの家だよ。主の命令は絶対なんだからねっ。じゃあもう一回カウントダウンいきま～す！」

「やめて……！　アリスを自由にしていいから、未育ちゃんを殺さないで！」

アリスは懇願するように叫んだ。しかし、ハルモニは不気味な笑顔を浮かべたまま、べーっと舌を出す。

「やーだね。アタシ、こいつ嫌いなんだもん！　じゃあいくよ。……さーん、にー、いーち……」

――ゼロ！

絶対に引くものか、とふんばっていた指先は、容赦なくその引き金に力を込めた。やがて銃口が火を放ち、その反動で俺の身体は背後へと吹っ飛んだ。

「うあああああっ！」

「きゃああっ！　未育……！」
整然と並んでいた椅子《いす》の上へと、身体が落ちる。やっと身体の自由は戻ったが……俺は瓦礫《がれき》と化した山からおそるおそる顔を覗かせた。
辺り一面に舞う砂埃《すなぼこり》のせいで、目の前の光景をよく見ることができない。
「未育ちゃーーん！」
俺は力の限りそう叫んだ。
……未育ちゃん。ごめん……俺は、確かに引き金を引いた。俺やアリスのために、精一杯力になってくれたのに……あんなに小さな身体を張って、俺を守ってくれたのに。
俺は……またなにもすることができなかったのか？
無力どころか……足手まといにしかならなかったのか？
「……ぁ……な……なにをッ……！」
ハルモニの声だ。
ようやく砂埃が消え、俺は祭壇へと走り寄った。そこには……ハルモニの身体を、ワイヤーのようなもので背後からしばっている、綾乃ちゃんの姿があった。
「だめ……です……庄司さんたちを傷つけては……いけません……」
「おまえ……暗示がかかっていたはずだろう！」
綾乃ちゃんは、悲しそうに首を振った。さっきみたいに、魂の抜けたような目はしてい

ない。ちゃんと血の通った、生きている人間の目だ。
「あなたの暗示は……それほど長くは続かない。私、許せない……いくら主でも、庄司さんたちを傷つける人は許せない！」
……おいおい、いったいなにがあったんだ？　俺がひっくり返っている間に、どうして形勢が逆転しているんだ？
「お兄ちゃんに渡した銃ね、タマが入ってなかったの」
「えっ⁉」
ふと隣を見ると、あっけらかんとした顔の未育ちゃんが、俺を見上げていた。
「ごめんね、騙《だま》すつもりはなかったんだけど、さすがにお兄ちゃんに吸血鬼退治はまかせられないよ」
「生きてる……未育ちゃん、生きてる……？」
俺はなりふり構わず、思いきり未育ちゃんのことを抱き締めた。未育ちゃんは苦しそうに、俺の腕の中でばたばたと暴れている。
「く、苦しいってば！　いまそれどころじゃないんだから！」
そう言われて、俺はぱっと未育ちゃんを離した。確かにいまは、手放しで無事を喜んでいる場合じゃない。
「……アリスちゃん、お願いです。ハルモニの命を絶ってください。私が下僕である以上、

この人にとどめを刺すことはできないから……」
「わかってる……アリス、お兄様とお腹の子供を危険な目に遭わせたこいつを、絶対に許せない」
ゆらり、とアリスは祭壇に向かった。俺はそばに近づこうと身を乗り出したが、アリスの周囲に漂う冷気に気圧《けお》されて足を止めた。彼女の背中が、これ以上は絶対に近寄らせないという意思を告げている。その静かなる決意が、俺の動きを頑《かたく》なに制するのだ。
「や、やめろ……アタシに近寄るな！」
「絶対に許さない……おまえだけは……」
ハルモニの胸ぐらを掴み、アリスは牙《きば》を剥《む》いた。その鋭利な切っ先が、ハルモニの首筋に刺さろうとしたとき……俺は無意識のうちに、アリスに飛びかかっていた。
「アリス、やめろ……！」
「……お兄様⁉　なにするのっ、離して！」
じたばたと俺の腕の中でもがくアリス。しかし俺は、断固として抱き締めた腕を離さなかった。
「……俺、アリスにそんな怖《こわ》いことしてほしくないよ。確かにハルモニは悪い子だったかもしれないけど……命を奪うなんてことしちゃだめだ」
「でもっ……お兄様、殺されてたかもしれないんだよ！」

涙を流しながら、アリスは訴える。
そりゃそうだけど……かといって、こんな事態を黙って見ているわけにはいかなかった。
偽善者と言われればそれまでだけど……この状況すべてを、お腹の子供が見ているような気がしたから。
いま、絶対悲しんでるよ。お母さんにそんなことしてほしくないって。
「頼む、アリス。俺のために……なんて言わない。生まれてくる子供のために、ハルモニを殺さないでやってくれ」
「お兄様……」
アリスはうつむいた。ようやく凍てついたオーラも消え、さっきまでのなまぬるい空気が戻ってくる。
「……お兄ちゃん、でも、このままハルモニを自由にさせたら、また同じことの繰り返しになるかもしれないよ？」
未育ちゃんが、至極もっともなことを言った。
俺だって悩んでる。この子を傷つけないやり方で、うまく懐柔できればそれが一番いいと思うんだけど……なかなかうまい方法が見当たらないのだ。
「わかった……じゃあ、ハルモニをアリスの下僕にする」
「……はい？」

アリスの提案に、俺は首をかしげた。
「そんなことできるの？」
「できる。綾乃だって、ハルモニの下僕として契約させられたでしょ」
「あ、そか……」
俺が納得している間に、アリスはハルモニへと近づき、綾乃ちゃんの仕掛けたワイヤーを外した。そして、未育ちゃんに目で合図し……ふたりして、ハルモニの服を脱がし始めたのだ。
「ひゃあっ、いやっ、なにするっ……！」
「うるさい。おまえは、いまからアリスとお兄様の下僕になるの。黙って足を開け」
ぽかーんと口を開けたまま、俺は立ちつくしていた。ハルモニの身体を包んでいたフクザツな衣装が、次々に剥《は》がされていく。三人の女の子たちに羽交い締めにされ、さすがのハルモニも抵抗することができなかった。
俺が呆然としている間に、あっというまに全裸にされてしまうハルモニ。
……なんか、すごく気の毒になってきた。他人事ながら。
「お兄様。用意できた」
「は!?　俺!?」
いきなり呼ばれて、俺は自分で自分に指を向ける。

「……お兄様しかいないでしょ。早くハルモニにキスして」
「……なんで？」
「契約を結ぶの！　あ、キスだけじゃだめ。真似だけでいいから、軽く首筋に噛みついて」
ハルモニが哀願するような目つきで俺を見る。幼い裸体をさらされ、皮膚はうっすらと粟立《あわだ》っていた。
「他に、方法ないの？」
「お兄様がハルモニを助けたいって言ったんでしょ。だったらこれしか方法はない」
「そ、そう……」
俺は仕方なく床にひざまずき、ぷるぷると震えるハルモニに……ゆっくりと口づけた。
「ん……！　んぐ、んっ、んん……！」
どれくらいキスしたらいいのかわからなくて、俺はとりあえず舌を差し入れてみる。ハルモニはひどく抵抗するような色を見せるが、俺の舌に絡め取られてしまい、憤りを露《あら》わにすることができない。
「んんーっ……んっ……んぷ……んちゅ……」
「……なによ、ハルモニのヤツ、感じてるんじゃないの？　こんなに乳首尖《とが》らせちゃって！　あームカツクっ！」
アリスが忌々しげに、ハルモニの乳首をひねりあげた。すると、ハルモニの全身はビク

ンと大きく飛び跳ね、悶絶《もんぜつ》するように腰をくねくねと動かした。
「わ〜、ちっちゃい胸、未育のほうが勝ってる〜！」
「僅差《きんさ》で未育の勝ち。かわいそうだから、揉《も》んで大きくしてあげようか」
「あの……私にもやらせてください」
「いいよ、綾乃。コイツにいままでの恨みをぶつけてあげて」
……いったいなんの相談をしているんだ。
「ん……ぷはぁっ！　やめろっ、アタシはおまえと違って、四百年生きてきた由緒正しい吸血鬼なんだっ……勝手に触るな！」
「……もう、お兄様が気合い入れてキスしないから、まだ主従関係を結べないんじゃない。早く首筋に噛みついてあげて！」
「は、はい……」
俺はおそるおそる、その小さな首筋に噛みついた。あまり痛くさせない程度に、歯をコリコリとあてる程度で。
「んぁ……くはぁっ……！　あふぅ……！」
真っ白だったハルモニの肌が、どんどん桜色に染まっていく。四百年生きてきたと言ってたけど、まるで生まれたての赤子のような、ふわふわとしたマシュマロ肌だ。よっぽどおいしい血を吸い続けてきたんだろうな……なんて、生臭《なまぐさ》いことを考えてしまう。

「ん……あぁ……はぁっ……ああんっ！」
思わず噛みついてしまいたくなるほど、柔らかな甘い肌。ちょっとでも歯を食い込ませたら、たちまち甘い蜜《みつ》が弾け飛んでしまいそうなほどいい匂《にお》いがする。俺は歯を横滑りさせるように、優しく刺激を与えてみた。
「……見て、ハルモニのあそこからなんか出てきてる」
「あぁ～、ホントだぁ……とろとろしたハチミツみたいなのが流れてるよ！」
「ハルモニ様……ずいぶん感じやすいんですね」
「んっ！　あぁんっ……やぁっ、んはぁっ……！」
クチュクチュと陰部をかき回すような音が聞こえてきた。よけいな雑音のせいで、図らずも俺のジュニアが……パンツの中で、むくりと起きあがる。アリスとのえっちな生活のせいで、すぐに反応してしまう身体になってしまったのが情けない。
「あぁ……ん、あはぁ……マスター……」
――え？
俺は顔を上げてハルモニを見る。うるうるとした群青の瞳には俺の顔がいっぱいに映り……切なそうな声で、もう一度同じセリフを口にするのだ。
「マスター……もっと……」
……マスターって、俺のこと？

「やれやれ、ようやく契約が完了したようね。まったく、手こずらせちゃって。……お兄様、ハルモニの中に入れてあげて」
「……入れる？」
「そう。本当の意味で、ハルモニをアリスとお兄様の下僕にするの。未育と綾乃、手伝って」
ふたりはアリスの従順なしもべのように、ハルモニの身体を起こして足を広げさせた。幼い薄桃色の性器からは、ミルクのような蜜がとめどなく溢《あふ》れている。
「あの……ほ、ホントにいいの？」
「仕方ないでしょ。またハルモニが妙な気を起こさないように、主の証《あかし》をきっちりと残してあげなきゃ」
そういう理由なら仕方ない……と思いこむ他はない。俺はパンツを脱ぎ捨て、どっしりと床に座り、ハルモニの身体を抱きかかえた。
未育ちゃんと綾乃ちゃんが期待のまなざしを送っているので、俺はみんなによく見えるように……おしっこをさせるような格好で、ゆっくりとペニスを沈めていく。
「……マスター……あぁっ……い、痛いっ……」
「こらー、おまえが痛がる権利なんてないの！　未育と綾乃、お兄様の手をわずらわせないように、しっかり愛撫《あいぶ》してあげて！」

第五章　決戦の日

「は〜いっ」
　ふたりは元気よく返事をしてから、いそいそとハルモニの身体をまさぐりはじめた。挿入するのを見て暑くなってしまったのか、自ら服を脱ぎだしたりして。
「あぁ……入ってるぅ……マスターのおちんちん……入ってるっ……!」
　俺は太ももを抱える手の力を弱めながら、少しずつ陰部に押し入った。性器のつくりはとても未熟で、最初はなかなかうまく入らなかったが、じゅうぶんに濡れていたこともあって案外容易に突き刺さってしまう。
「あっ……くはぁっ……マスターっ、あぁ、入ってますっ……!」
　ハルモニは口からよだれをこぼしながら、悦びの涙すら浮かべていた。膣道のヒダがほむらのように揺らめき、きゅっきゅっと断続的に締めつけを始めている。とても処女のものとは思えないほど、順応性のあるしなやかな動きに、俺は全身を羽毛で撫でられたような快感を覚えて

しまう。
「ハルモニ！　もっと腰を使って動かして！」
「はいっ……あぁっ……入ってる……あぁぁんっ……ああっ！」
ぐちゅっぐちゅっと卑猥《ひわい》な音が教会の内部に響いた。ハルモニは無我夢中といった様子で腰を激しく動かし、俺もそれに合わせて飛び跳ねるような勢いで突き上げていく。
「あんっ……すごいっ……あぁ、ぁあああっ……！」
「……お兄ちゃん、未育も入れてほしいよぉ～」
「私も……あそこが熱くなってきてしまいました……」
ふたりとも口々にそんなことをつぶやいている。
「だめ～っ！　アリスが我慢してるんだから、ふたりも我慢するのー！」
ピシャリと言い放たれ、ふたりはしゅんとしながら、ハルモニの乳房をふにふにと揉みしだく。
「あふっ、気持ちいい、マスターのおちんちん、気持ちいいです……！」
「お、俺も、やばい……気持ちいい」
まるで独立した生き物みたいだと俺は思った。俺のツボを知り尽くしているかのように、陰部の粘膜はうねり、絞るような動きでペニスにまとわりついている。
「あぁ、マスター、ヘンになっちゃう……あぁ、あああっ！」

「あの、あんまり動かないでっ……」
「だって、あそこがっ、熱いんです……ああっ、ふあぁっ！」
ハルモニは悲鳴のような声をあげながら、がっちりとペニスをくわえ込んでいる。俺はその容赦ない動きに意識を失いかけた。だめだ、こんなに動かされたら……！
「あふん、マスター……熱いっ……あそこがあついよぉ……！」
「あぁ、だめだ……ああっ！」
俺はもうなりふりかまわずに、ハルモニの腰をがっちりと抱えてペニスを突き刺した。脳みそが沸々《ふつふつ》と沸騰《ふっとう》していくような感覚。俺をつかさどる魂が、すべて股間《こかん》に集中し……。
「あぁ……マスター……はあぁぁああぁあぁあんっ！」
「い、イク……イクよ……！」
俺はうめきながら、すべての精液を放出した。
ハルモニの陰部から抜けたペニスは、まるで噴水のようにしぶきを上げて精液を飛ばしている。ぐったりと気を失ったように、ハルモニは俺へすべての体重をかけて倒れてきた。
「……あふう……うん……っ」
「はぁ……お兄様ったら、こんなにいっぱい出しちゃって。まだまだ次もつかえてるっていうのに」
「え……もしかして……」

アリスは不敵な笑みを浮かべて、ゆっくりと服を脱ぎだした。
俺の隣では、未育ちゃんと綾乃ちゃんが、キラキラとしたまなざしでこっちを見ている。
俺はため息をつきながら、やれやれと肩を落とした。……これじゃ、誰が下僕で誰が主人か、わかったもんじゃない。
ただ、ひとつだけいえることは、やっぱり俺の主人はアリスで……きっと生まれてくる子供も、アリスのようにワガママな子に育つんだろうなってこと。
それはそれで、なんだか楽しそうな生活のように思えるものだから……俺ってやっぱり、どこまでいっても臆病《おくびょう》で、おめでたくて、それでいて……幸せな人間なんだよな。

エピローグ

——あれから、数か月後。

アリスは無事に女の赤ちゃんを出産した。髪の毛が水色だったらどうしようと思ったけど、俺《おれ》と同じような茶髪だったのでひとまず安心。……まあ、それでも混血の吸血鬼であることに変わりはないんだけど。

あれからずっと、俺のマンションで一家そろって暮らしている。はたから見れば、ごくごく普通の幸福な家族なのだろう。

ただ、我が家が他とひとつ違うところは……。

「もう、お兄ちゃんのパンツを洗うのは未育の仕事なの！」

「だ～めっ、それはアタシの仕事って決まってるんだから！」

「ずるいです！　私《わたし》だって、拓馬様のパンツを洗いたい……！」

……このように、三人の下僕たちも同居しているということ。

ちょっとにぎやかだけど、それ以外はなんの変哲もない、平和な光景だ。

「……もう、せっかくお兄様とラブラブ新婚生活をすごそうと思ってたのに！　こんなに下僕を増やしちゃったの、失敗だったかな？」

赤ん坊におっぱいを飲ませながら、アリスはぼやく。

初めて会ったときよりも、ずいぶんやわらかな表情になった。これが母親の自覚ってやつなのかな。

エピローグ

「まあまあ、家事も手伝ってくれるし、助かるからいいじゃないか……」
「……そのぶん、食費もかかるけどな。
しかも、俺の部屋の隣……ずっと空き部屋だったところに、汐月さんまで引っ越してきてしまったのには、正直笑った。
どうやら未育ちゃんに頼んでこの部屋に決めたらしいけど、彼女がいったいなにを企んでいるのかは、知るよしもない。
「こんにちは！　拓馬くんのお昼ごはんをつくりにきました！」
汐月さんは、いまや通い妻状態で食事の用意をしてくれている。もともと家事が得意だった綾乃ちゃんは、あんまりおもしろくないみたいだ。このふたり、なんだか仲が悪そうだけど……なんだかんだ言ってもいつも一緒に料理してるから、心のどこかでは通じ合うものがあるのかもしれないな。

「はあぁ……アリスもお腹空《なかす》いた。なのに、この子たちがいるからちっともお食事が回ってこないし」
「そんなこと言ったって、全部アリスがまいたタネなのでは……」
「なあに？　お兄様、アリスのせいにするわけ？」
「いや、そうじゃないけど……」
連日連夜、みんなからお食事をせがまれると、さすがの俺もひからびてしまいそうだ。もういっそのこと、この血をくれてやる！と言いたくなってしまう。
「ちょっとひもじいけど……アリス、とっても幸せだよっ」
それはまるで、吸血鬼というより……聖母のようなやすらかな笑顔。
俺は、その笑顔を見るたびに思うんだ。……俺はまだまだ非力で、大切なものを守り通す自信はないけど。
家族がいるというだけで、こんなにも幸せな気持ちになれる。こんなにもあたたかい気持ちになれる。

――ねえ、母さん。

俺は、どこか遠い空の下で人生を謳歌《おうか》しているであろうあの人に、心の中で呼びかけた。

俺を生んでくれてありがとう。普段は照れ臭《くさ》くてこんなこと言えないけど。
今度……会うときには、きっと笑顔で「ありがとう」と伝えられる。生まれたての赤ん坊のような、素直な笑顔で。

END

あとがき

ゲームをプレイした方ならおわかりかとは思いますが、とにかくシチュエーションが豊富なこの作品！　ＣＧをフルコンプしたときの達成感はなみなみならぬものがありました。しかし、それと同時に、「どれだけのシチュを小説に盛り込めるものか……」と頭を悩ませたのも事実。結果、このような作品となりましたが、アリスファンの方もゲーム未プレイの方も楽しんでいただければいいなと願わずにはいられません。筆者としては、「アリスがもっとも幸せになれる方法」を取ったつもりなのですが……いかがでしょうか。

この作品を上梓するにあたり、例によって多くの方々にお世話になったりご迷惑をおかけしたりしました。この場をお借りしてお詫びすると共に、感謝の意を表明させていただきたいと思います。本当にどうもありがとうございました！

またなんらかのかたちで、読者の方々にお会いできれば光栄でございます。最後までお読みいただき、心より感謝いたします。ゲームでは、綾乃さんと汐月さんとのフクザツな関係等のナゾも明らかになるので、未プレイの方はぜひぜひ遊んでみてくださいませ！

二〇〇三年　十一月　岡田留奈

今宵も召しませ♥アリステイル

2003年12月25日　初版第1刷発行
2004年 2月20日　　　　第2刷発行

著　者　　岡田　留奈
原　作　　RUNE
原　画　　赤丸

発行人　　久保田　裕
発行所　　株式会社パラダイム
　　　　　〒166-0011東京都杉並区梅里2-40-19
　　　　　ワールドビル202
　　　　　TEL03-5306-6921 FAX03-5306-6923

装　丁　　妹尾みのり
印　刷　　図書印刷株式会社

乱丁・落丁はお取り替えいたします。
定価はカバーに表示してあります。
©RUNA OKADA ©2003 RUNE
Printed in Japan 2003

既刊ラインナップ

定価 各860円+税

1 悪夢～青い果実の散花～
2 脅迫
3 痕～きずあと～
4 慾～むさぼり～
5 黒の断章
6 淫従の堕天使
7 Esの方程式
8 歪み
9 悪夢 第二章
10 瑠璃色の雪
11 官能教習
12 復讐
13 淫Days
14 お兄ちゃんへ
15 緊縛の館
16 密猟区
17 淫内感染
18 月光獣
19 告白
20 Xchange
21 虜2
22 飼
23 迷子の気持ち
24 ナチュラル～身も心も～
25 放課後はフィアンセ
26 骸～メスを狙う顎～
27 朧月都市
28 Shift!
29 いまじねぃしょんLOVE
30 ナチュラル～アナザーストーリー～
31 キミにSteady
32 ディヴァイデッド
33 紅い瞳のセラフ
34 MIND
35 錬金術の娘
36 凌辱～好きですか？～

37 My dearアレながおじさん
38 狂＊師～ねらわれた制服～
39 UP!
40 魔薬
41 臨界点
42 絶望～青い果実の散花～
43 美しき獲物たちの学園 明日菜編
44 淫内感染～真夜中のナースコール～
45 MyGirl
46 面会謝絶
47 偽善
48 美しき獲物たちの学園 由利香編
49 せ・ん・せ・い
50 sonnet～心かさねて～
51 リトルMyメイド
52 flowers～ココロノハナ～
53 サナトリウム
54 はるあきふゆにないじかん
55 プレシャスLOVE
56 ときめきCheckin!
57 散櫻～禁断の血族～
58 Kanon～雪の少女～
59 セデュース～誘惑～
60 RISE
61 虚像庭園～少女の散る場所～
62 終末の過ごし方
63 略奪～緊縛の館 完結編～
64 Touchme～恋のおくすり～
65 淫内感染2
66 加奈～いもうと～
67 PILE・DRIVER
68 Lipstick Adv.EX
69 Fresh!
70 脅迫～終わらない明日～
71 うつせみ

72 Xchange2
73 M.E.M.～汚された純潔～
74 Fu・shi・da・ra
75 絶望～第二章～
76 Kanon～笑顔の向こう側に～
77 ツグナヒ
78 ねがい
79 アルバムの中の微笑み
80 ハーレムレーサー
81 絶望～第三章～
82 淫内感染2～鳴り止まぬナースコール～
83 螺旋回廊
84 Kanon～少女の檻～
85 夜勤病棟
86 使用済～CONDOM～
87 真・瑠璃色の雪～ふりむけば隣に～
88 Treating 2U
89 尽くしてあげちゃう
90 Kanon～the fox and the grapes～
91 もう好きにしてください
92 同心～三姉妹のエチュード～
93 あめいろの季節
94 Kanon～日溜まりの街～
95 贖罪の教室
96 ナチュラル2 DUO 兄さまのそばに
97 帝都のユリ
98 Aries
99 LoveMate～恋のリハーサル～
100 恋ごころ
101 プリンセスメモリー
102 ぺろぺろCandy2 Lovely Angels
103 夜勤病棟～堕天使たちの集中治療～

104 尽くしてあげちゃう2
105 悪戯Ⅲ
106 使用中～W.C.～
107 せ・ん・せ・い2
108 ナチュラル2 DUO お兄ちゃんとの絆
109 特別授業
110 Bible Black
111 星空ぷらねっと
112 銀色
113 奴隷市場
114 淫内感染～午前3時の手術室～
115 懲らしめ 狂育的指導
116 傀儡の教室
117 インファンタリア
118 夜勤病棟～特別盤 裏カルテ閲覧～
119 姉妹妻
120 ナチュラルZero＋
121 看護しちゃうぞ
122 みずいろ
123 椿色のプリジオーネ
124 恋愛CHU! 彼女の秘密はオトコのコ？
125 エッチなバニーさんは嫌い？
126 もみじ「ワタシ…人形じゃありません…」
127 注射器2
128 恋愛CHU! ヒミツの恋愛しませんか？
129 悪戯王
130 水夏～SUIKA～
131 ランジェリーズ
132 贖罪の教室BADEND
133 -スガタ-
134 Chain失われた足跡
135 君が望む永遠 上巻
136 学園～恥辱の図式～

最新情報はホームページで！　http://www.parabook.co.jp

155 性裁 ~白濁の禊~ 原作：アリスソフト 著：谷口東吾
154 Only you 上巻 著：高橋恒星
153 Beside~幸せはかたわらに~ 原作：ZERO
152 はじめてのおるすばん 原作：SUCCUBUSさん 著：七海友香
151 new~メイドさんの学校~ 原作：F&C・FC03 著：ましろあさみ
150 Piキャロットへようこそ!!3 上巻 原作：エアーシンディ・エアーシーズ 著：村上早紀
149 新体操（仮） 原作：ばんちょあ 著：雑賀匡
148 このはちゃれんじ！ 原作：ルーシュ 著：三田村半月
147 月輪炎 著：すたじおみりす
146 螺旋回廊2 原作：ruf 著：日輪哲也
145 憑き 著：ジックス
144 魔女狩りの夜に 著：布施はるか
143 家族計画 原作：ディ−オー 著：前園はるか
142 君が望む永遠 下巻 原作：アージュ 著：清水マリコ
141 Princess Knights 上巻 原作：ミンク 著：前園はるか
140 SPOTLIGHT 原作：ブルーゲイル 著：日輪哲也
139 超昴天使エスカレイヤー 中巻 原作：アリスソフト 著：雑賀匡
138 とってもフェロモン 原作：トゥシュフランス 著：村上早紀
137 蒐集者 コレクター 原作：ミンク 著：雑賀匡

174 もじらない 原作：萌 著：谷口東吾
173 もうとブルマ 原作：ブルーゲイル 著：星野吉実
172 今宵も召しませアリスティル 原作：RUNE 著：岡田留奈
171 エルフィーナ~奉仕国家編~ 原作：アイル「ディ・エア」 著：朝倉留夢
170 D.C.～ダ・カーポ～ 淫装のレオタード 原作：サーカス 著：雑賀匡
169 新体操（仮）3 下巻 原作：ばんちょあ 著：ましろあさみ
168 Piキャロットへようこそ!!3 下巻 原作：F&C・FC01 著：三田村半月
167 ひまわりの咲くまち 原作：フェアリーテイル 著：村上早紀
166 はじめてのおいしゃさん 原作：ZERO 著：三田村半月
165 水月ーいげつー 原作：F&C・FC01 著：三田村半月
164 Only you 下巻 著：アリスソフト 著：高橋恒星
163 Realize Me 原作：ミンク 著：前園はるか
162 Princess Knights 下巻 原作：ミンク 著：清水マリコ
161 エルフィーナ~淫夜の王宮編~ 原作：アイル「ディ・エア」 著：前園はるか
160 Silverシルバー~銀の月 迷いの森 原作：ユニゾンシフト 著：ましろあさみ
159 忘レナ草 Forget-Me-Not 原作：エアーシンディ・エアーシーズ 著：雑賀匡
158 Sacrifice ~制服狩り~ 原作：Rateblack 著：布施はるか
157 Piキャロットへようこそ!!3 中巻 原作：F&C・FC01 著：三田村半月
156 Milkyway 原作：Witch 著：島津出水

193 復讐の女神 Nemesis 原作：Clear 著：前園はるか
192 超昂天使エスカレイヤー 下巻 原作：アリスソフト 著：雑賀匡
191 てのひらを、たいように 下巻 原作：F&C・FC02 著：村上早紀
190 あいかぎ 原作：戯画 千香編 著：岡田留奈
189 カラフルキッス 12コの胸キュン！ 原作：スタジオメビウス 著：三田村半月
188 SNOW～小さき祈り～ 原作：ブルコDOMAD 著：朱鳥津歩
187 女医○Clear 原作：CODE:PINK 著：村上早紀
186 SEXFRIEND~セックスフレンド~ 原作：ステジオメビウス 著：芳乃さくら編
185 裏番組13㎝新人女子アナ欲情生中継 原作：ステジオメビウス 著：三田村半月
184 超昴天使エスカレイヤー 中巻 原作：アリスソフト 著：雑賀匡
183 てのひらを、たいように 上巻 原作：F&C・FC02 著：村上早紀
182 あいかぎ 原作：戯画 彩音編 著：村上早紀
181 SNOW～停電～ 原作：スタジオメビウス 著：三田村半月
180 たずら姫 原作：フェアリーテイル 著：高橋恒星
179 D.C.～ダ・カーポ～ 白河ことり編 原作：サーカス 著：高橋恒星
178 特別授業 BiSHOP 原作：BiSHOP 著：深町薫
177 DEVOTE2 13㎝ いけない放課後 原作：13㎝ 著：布施はるか

214 D.C.～ダ・カーポ～ 鵺澤頼子編 原作：サーカス 著：雑賀匡
212 SNOW～空の揺りかご～ 原作：スタジオメビウス 著：黒瀬糸由
210 すくみず 媛・鈴枝編 原作：サーカス 著：伊藤イツキ
209 プリンセスブライド 130㎝ 原作：130㎝ 著：黒瀬糸由
207 ナチュラルアナザーワン 原作：サーカス 著：武藤礼恵
206 D.C.～ダ・カーポ～ 姉ちゃんしよ？ちゃんきんぐしょ？ 上巻 立志編 原作：サーカス 著：島津出水
205 姉ちゃんしよ？ちゃんきんぐしょ？ 原作：F&C・FC01 編 著：島津出水
204 SNOW～記憶の棘～ 原作：スタジオメビウス 著：高橋恒星
203 魔女っ娘ア・ラ・モード 原作：F&C・FC01 編 著：島津出水
202 すくみず 真帆・梨香編 原作：サーカス 著：武藤礼恵
201 CAGE 原作：CAGE 著：黒瀬糸由
199 恋する妹はせつなくてお兄ちゃんとこすってとすごくH しちゃうの 原作：BLACK&NBOW 著：有沢黎
198 かごい ～絶望の処女監獄島～ 原作：ERROR 著：高橋恒星
197 うちの妹のばあい 原作：イージーオー 著：高橋恒星
196 懲らしめ2 狂育的デバガ指導 原作：ブルーゲイル 著：雑賀匡
195 催眠学園 原作：ELACK&NBOW 著：布施はるか
194 満淫電車 原作：BiSHOP 著：南雲恵介

好評発売中！

〈パラダイムノベルス新刊予定〉

☆話題の作品がぞくぞく登場!

211. クリスマス★プレゼント
アイル【チーム・Riva】 原作
布施はるか 著

空から降ってきたサンタ見習い娘の処女を、強引に奪った祐二。だが衝突のショックで、サンタの証である紋章が祐二に移ってしまう。それを返す条件として、クリスマスまで祐二の奴隷になれと命令するが…。

2月

218. D.C.～ダ・カーポ～ 水越萌・眞子編
サーカス 原作
雑賀匡 著

純一は水越萌から妹の眞子と付き合っているのかと訊ねられる。だが実際は恋人のフリをしてくれと頼まれただけだった。水越姉妹の意味深な態度に、つい二人を意識する純一だが…。

2月